打開百貨公司的隨意門

周淑屏 著

打開百貨公司的隨意門
作者／周淑屏
策劃編輯／周淑屏
美術設計／陳詩韻
封面設計・插圖／劉碧雲
出版發行／突破出版社
香港沙田亞公角山路 33 號突破青年村
電話：2632 0000　傳真：2632 0388
電郵：breakthrough@breakthrough.org.hk
網址：http://www.breakthrough.org.hk
http://www.btproduct.com
承印／陽光（彩美）印刷有限公司
2016 年 5 月初版 1 刷
2017 年 5 月初版 2 刷

The Magic Door of Department Store
by Chow Suk-ping
First Printing, First Edition, May 2016
Second Printing, First Edition, May 2017

Printed in Hong Kong
ISBN 978-988-8246-99-1

誠邀閣下就突破出版社的書籍發表意見

歡迎加入突破書籍 Facebook page — http://www.facebook.com/btbooks.page

本書採用環保油墨印刷

每一個
年輕人都應當
乘着夢想的
翅膀出航。

成長文學

目錄

心玲的腕錶與姑母的花瓶／六
月希滿帶星輝的白雪公主書包／四八
秀月和媽媽的兩棟相連公仔屋／九四
志玲踏進了國貨公司的時光隧道／一五〇

心玲的腕錶與姑母的花瓶

1.

林玉明站在彌敦道 500 號的大人百貨公司外面，雙眼定睛看着櫥窗外的名錶。

櫥窗一邊展示的是男裝錶，另一邊是女裝錶，她定睛看的，自然是女裝錶。

勞力士那些金燦燦的？當然不用看。梅花嘜錶？款式是較典雅的，但是，不太文靜了嗎？奧米加吧！看到那標誌，就想起外國影星最時尚的髮型。這牌子的錶款式最時尚又帶點俏皮，心玲該會喜歡吧？

奧米加錶有幾款是錶面的數字上鑲了幾顆小鑽石的，金屬錶帶上鐫刻的花紋也很好看。林玉明看得目眩了，但她相信自己的有生之年不會買得起這種手錶。

她看看櫥窗中那雪白的手模型，再看看自己那粗糙的雙手，心想：這些名牌子鑽石錶，戴在這雙因長年洗毛巾、被沸水、梳打粉弄壞了的手上，一定不會好看吧？而且，那更會是令人發笑的諷刺，就像一頂紳士的帽子戴在土包子的頭上，那是多滑稽的畫面！

她看中一個黑色皮錶帶的腕錶，款式很平實，錶面有點閃閃發光，像是玳瑁造的，上有羅馬數字。

看看錶的牌子，是精工錶，再看看錶的價錢，啊！得花上幾個月的薪金吧！

本來，對於心玲這個姪女，林玉明不會認為花上幾個月的薪金買一個腕錶給她是不值得的，而且，這是給她在這學年考第一的獎勵啊！

為心玲花掉自己的血汗錢不會是不值得，可是，花掉了這一大筆錢之後，幾個姪女兒這幾個月的學費、生活費、這幾個月的租金又該怎麼辦呢？林玉明搖搖頭，苦笑了，笑自己傻，自從弟弟遺下了幾個孩子離世之後，自己不是絕了無謂花費的念頭了嗎？甚至連多看一眼也是罪惡吧！

弟弟在生時，當弟婦生下最後這個女孩，說這是最後一個，不打算再生時，他說過會讓這女孩送給寡居的姐姐玉明當女兒的，所以玉明特別疼心玲，可是，當弟弟逝世、弟婦遺棄女兒跑了之後，他們的三個女兒就都成了玉明的女兒。為了撫養弟弟的三個女兒，玉明在他的靈前承諾過以後不再為自己買什麼，也不為自己留下一分錢。

心玲是三個姪女兒當中最聰明的一個，這次她在五年級期終試中考了全班第一，真讓玉明樂透了，她認為這也可稍稍令泉下的弟弟告慰。這幾天，玉明都是眯着眼笑的，鄰居都笑她高興得像姪女中了狀元似的。

可喜可賀的，除了心玲考第一之外，還有她因為這好成績可以升讀精英班，那可是被老師認可成為精英了！玉明認為心玲將來該可成為醫生、律師、經理的！

所以，無論生活再困難，也該獎勵她一下。大妹、二妹看到妹妹成績好得到獎勵，也該會因而發奮讀書吧！

玉明再細看腕錶的款式，連錶帶也看仔細了，記住了。一會，到豉油街的標記和山東街的生生都看一看，找找近似的款式，找到像這種簡單的款式該不難吧？所謂學生錶幾乎都是這樣的，錶面是羅馬數字的，從前也看到過，至於玳瑁的材質，那當然就不能奢求了。

錶帶呢？如果是真皮的還要求有這樣好看的紋理的，當然很貴吧！街邊小錶店的手錶都可以選不是原廠的錶帶，配膠錶帶該可省回不少吧？可是，錶的本身已經不是昂貴的，已經是模仿名牌的款式，如果連錶帶也挑最廉宜的，那未免太小家子氣了吧！配一條好一點的真皮錶帶，讓心玲至少可以在同學面前炫耀一下，讓同學們嗅嗅錶帶的牛皮氣味，那該多好！

就這樣吧！玉明下了決定，然後再看牢那腕錶的黑色錶帶，如果連錶帶的紋理也能找到一樣的，那就太完美了。

2.

心玲下課之後，沒有在染布房街左轉入黑布街回家，卻是右轉一直往豉油街走，由豉油街走向彌敦道，再過馬路到大人百貨公司。

站在百貨公司的櫥窗外面，心玲仔細看櫥窗裏的名錶——勞力士、梅花嘜、奧米加，名字她都記牢了，還唸唸有詞的將每個名字都唸了好幾次。不如把每個品牌的英文名字也記牢吧！Rolex，Omega……，雖然不知道正確讀音，但她把串法記熟了，O-m-e-g-a……

* * *

「手錶是新的吧？讓我看看！」陳恩明說。

「不，不……」心玲掙脫陳恩明的手。

「該不會是什麼名牌子吧？有什麼好看？」王小霞說。

「就是因為不是名牌子的，她才不讓我們看，或者根本就是冒牌的，怕讓我們看見了會笑死。」陳恩明說。

「冒牌的？媽媽說那些冒牌錶的牌子好奇怪，將勞力士寫成勞大力，將Omega寫成Omigo！哈哈，大鄉里，笑死人！」王小霞說。

「雖然是冒牌錶，但那牛皮氣味卻臭死人！也許只有錶帶是真的。」陳恩明說。

「說不定連錶帶都是假的，只是沾上了些臭氣味的膠錶帶！」王小霞說。

「什麼？連牛皮的臭味也是假的？假的也那麼臭？」陳恩明誇張地笑得前仰後合。

「不，這是真的！」之前心玲一直按捺着，但此刻捺不住了。

「是真的？是真的勞力士、Omega？還是真的牛皮錶帶？」王小霞問。

「還是真的很臭？」陳恩明問。

「恐怕只是真的很臭吧！」王小霞說。

「當然啦！她怎會曉得什麼Omega、Omigo、勞力士、勞大力！她這土包子怎會曉得這些名牌子呢？說不定她的手錶連牌子也沒有。媽媽說過有些叫什麼山寨貨嘛！索性連牌子也懶得印上去。」陳恩明說。

心玲憋着氣、轉開臉不再理會他倆，她以為這樣他倆就會放過她，誰知上數學課時，陳恩明乘老師不察，用粉筆在心玲的校褸上寫了Omigo這英文字。

看到被弄污了的校褸，心玲又氣又惱，她不明白陳恩明為什麼要這樣對她。

早在升到五甲的精英班之前，五乙班的同學已經告訴過心玲，五甲班的同學不單比乙班的成績好很多，而且大部分連家境也好很多，乙班的同學升到甲班後，都逃不過被看扁，更大多會成為被欺凌的對象。更何況心玲是在五年班下學期被安排升到甲班的唯一一個，比起上學期有幾個同學一起升到甲班的，自然是更勢孤力弱一些。

「要不努力和他們做朋友，要不就成為他們的敵人，可是，成為他們的敵人的話，你的日子便是度日如年了。」在上學期由四乙升到五甲的李子華這樣告誡心玲。

度日如年？那不是老師派的成語表中的成語嗎？心玲明白其中的意思，然而，原來當親身體驗字詞中的滋味時，感受卻是天壤之別。

天天讓坐在兩旁的陳恩明和王小霞嘲笑，心玲差不多已習慣，可是，最近他們不只動口還動手——他們經常聯手搶去心玲的文具，把間尺、鉛筆折斷，把刷膠塗黑……心玲為了不再讓文具遭殃、要姑母再花錢買，唯有努力和他們做朋友。

要跟他們做朋友，首先要聽得懂他們的話。他們口中的名牌波鞋、電玩，心玲全不認識，連品牌名稱也沒聽過。聽說陳恩明、王小霞下課後最愛到大人百貨公司流連，只跟過姑母來這裏兩趟的心玲，決定先來逛逛，好做預習。

明天教的語文科要預習，想不到逛百貨公司也要預習。有什麼辦法呢？誰叫自己要跟他們做朋友！

在百貨公司櫥窗前記牢了名錶的品牌名稱後，心玲走進百貨公司，預習的第二課是二樓運動用品部的波鞋牌子，第三課是去玩具部……

3.

翌日下課後，心玲厚着臉皮跟着陳恩明和王小霞到大人百貨公司。王小霞的成績比陳恩明好，家境也比她富裕，所以到哪裏也是陳恩明依循王小霞拿的主意。

沒想到王小霞甫進了百貨公司，便乘扶手電梯上去，卻沒有在二樓的運動用品部和三樓的玩具部停下，直接向四樓的家品部進發。

他們到家品部幹什麼呢？心玲百思不解。到了那一層，王小霞和陳恩明走近瓷器器皿的陳設架，在滿架的瓷器杯碟等器皿旁穿梭，跑來跑去。

他們背着大大的書包，在貨架中間穿插，有好幾次也幾乎碰跌架上的杯碟。也許，他們是在比試誰的身手靈活、動作敏捷吧！就像剛才在彌敦道上，他們故意不依交通燈指示過馬路，在綠燈快要轉紅燈時，他們才鼓勁跑過對面，聽到汽車的司機嗚笛示警，他們站在馬路邊上狂笑不止。

也許他們是要向心玲炫耀家境吧！在放滿瓷杯碟的貨架中間跑來跑去，有時更故作驚險狀，作勢要撲向貨架，他們這樣做，大概是要告訴心玲：「就算打破了這些昂貴的瓷杯碟，我們也賠得起！」

他倆時而發足狂奔，時而驟然停步，心玲留意到他們停步時，正是售貨員向這邊看過來的時候，到售貨員轉開視線，他倆又繼續追追逐逐。

有兩次，售貨員走過來警告他們，他們就裝作在看杯碟，但售貨員轉身走開了，他們馬上大笑又繼續跑，心玲這才明白，他們在跟售貨員玩「一、二、三，紅綠燈」的遊戲。

心玲站在瓷器器皿前不敢動，她知道碰跌了任何一隻杯碟，她都是賠不起的，莫說她口袋中沒錢，就算是姑母，也得賠上好幾天的薪金，才足夠付這裏一隻杯、一隻碟的價錢。

她站在離貨架兩尺遠欣賞着架上的瓷造小花瓶，這些小花瓶有圓形的、橢圓形的，更有半圓的，有鮮艷的黃色、綠色、紅色，也有淡雅的白色小碎花圖案的。

這圓圓的、瓶身有白色小碎花圖案的花瓶煞是好看，姑母一定喜歡，心玲想起爸爸靈前的花來。

爸爸靈前有兩瓶白菊花，無論姑母平時多節儉，買這靈前白菊花的錢她一定不會省。可是白菊花是插在兩個 VSOP 酒瓣的小酒瓶上，看上去不怎麼協調，不怎麼敬虔。如果換上這款白色的圓形小瓷花瓶，就會協調很多，相得益彰了。

看看價錢牌上的價錢，心玲知道自己儲半年零用錢也買不起的，因為自己的零用錢少得可憐，如果加上新年的利是錢呢？也是不夠，他們家親戚不多，富有的親戚更是絕無僅有了，所以利是錢也自然不多。

那麼，只有渴想的份兒吧！如果想買這兩個花瓶給姑母，當作父親節或母親節禮物，看來都是天方夜談了。

正當心玲看着眼前的小花瓶看得入神時，陳恩明和王小霞已玩膩了「一、二、三，紅綠燈」的遊戲，他倆百無聊賴地四處張望，尋找玩下一個遊戲的靈感。當王小霞望向瓷花瓶貨架旁的心玲，她找到了下一個捉弄的對象。

王小霞和陳恩明悄悄走近，一聲不響的各拿起一個小花瓶，放進心玲的校褸口袋中。

心玲感到校褸口袋的抖動，回過神來，剛看到他倆趕忙縮回的手。

「你們做什麼？」心玲驚問。

「幫你嘍！」陳恩明說。

「你怔怔地看着這些小花瓶，一定很喜歡吧！」王小霞說。

「我們知道你既沒錢買……」「也不敢偷……」他倆一人一句。

「所以我們幫你嘍！」陳恩明總結。

「不……不可以這樣的……」心玲叫着，急忙要從口袋裏掏出那兩個小花瓶。

王小霞、陳恩明一人一邊按着心玲的雙手，王小霞在心玲耳邊悄聲說：「看，售貨員看過來了……她要是發現你偷……」

「不是我偷的……」心玲連忙分辯。

「但東西分明在你的口袋裏，沒人會相信你的。」陳恩明說。

心玲的心怦怦亂跑，像快要從嘴巴裏跳出來似的。好不容易，等到售貨員把視線移開了，她又想把小花瓶掏出來放回去。

「不要放回去，那是我們的戰利品！」王小霞說。

「你要掏出來的話，我們馬上大聲喊，告訴售貨員你偷東西！」陳恩明要脅。

「這怎可以！」心玲紅着臉嚷。

「那是我們的戰利品，你出了百貨公司門外，把東西交回給我們不就可以了？不就沒有你的事了嗎？」王小霞說。

心玲懸着心，戰戰兢兢地急步離開百貨公司，可是，當她想把小花瓶掏出來交給他們時，他們卻一起向她扮鬼臉，然後一縷煙似的跑開了。

心玲把兩手插進校褸口袋中，一籌莫展，獨自發愁。

4.

夜裏當姑母和姐姐都睡了以後，心玲躡手躡足地走到父親的靈前，拿出那兩個小瓷花瓶，換掉兩個小酒瓶，把白菊花插上。

白菊花插在這兩個小花瓶裏真的好很多呀！它們彷彿令到放着父親的靈牌的小神檯也變得莊嚴肅穆，使人站在前面也感到更虔敬似的。

然而，當心玲的目光瞥過紅燈泡照耀着的父親的照片時，她機伶伶地打了個寒噤。

父親一定不會喜歡自己的靈前放着兩個偷回來的花瓶的，姑母也一定不會相信她有錢買這兩個昂貴的花瓶。

「對不起呀，爸爸。」心玲説着，靜靜地換回兩個小酒瓶，小心地用報紙把兩個小花瓶包裹好，放到神檯的抽屜裏。

5.

臨近下課，心玲的心一直怦怦亂跳，直至下課的鈴聲敲響了，她的心跳得更厲害。

她一直努力假裝成為王小霞和陳恩明的朋友，對他們百般遷就，可是，下課之後一起往哪兒玩這碼子事，她實在不想遷就。

陳恩明住在砵蘭街的華美大廈，由豉油街經過彌敦道，是她回家的必經之路。

王小霞住在染布房街的藝興大廈，回家不必經過彌敦道，但她下課後不會馬上回家，總愛在街上流連。

心玲最害怕的事情又發生了，今天他倆又打算去大人百貨公司。心玲擔心總有一次他們會被拉到警署，老師不是教過「上得山多終遇虎」這句話嗎？

再到百貨公司去冒險，心玲是千萬個不情願的，可是王小霞和陳恩明一人拉住她的一隻手，把她連拉帶扯的拽到彌敦道。

心玲不想在馬路上跟他們糾纏，勉強過了馬路，來到大人百貨公司的門口。算吧！勉強再遷就他倆一次吧！這次不會站近貨架，雙手死命捫着校褸的口袋，不讓他們得逞就是了。

將進入百貨公司前，心玲一瞥眼前的櫥窗，櫥窗中還是那些名貴的手錶，有金燦燦的，有鑲了鑽石的，有……

咦，那隻黑色皮錶帶的精工錶，款式跟自己腕上戴的差不多，連那錶面的羅馬數字也一樣，難道……難道姑母是在這裏買的？

該不是吧！姑母不會有那麼多錢，也不會浪費這些錢，而且自己腕上戴的手錶是沒有牌子的。然而，姑母一定是花了許多時間、心思，去找這個跟名牌子款式差不多的手錶買給自己的。

回想起自己在五年級上學期派成績表那天，姑母從班主任手中接過她的成績表，是多麼的高興；當班主任稱讚心玲勤奮好學時，心玲清楚記得姑母的臉像寶石般在發光。

如果自己因為店鋪盜竊被帶到警署，姑母會怎樣傷心、失望？心玲實在不敢想下去。

站在百貨公司的櫥窗前面，心玲像一尊石像般杵在那兒，任憑王小霞和陳恩明怎樣拉扯，她也是動也不動，最後她索性蹲在地上。

陳恩明拿她沒法，只好說：「你是鐵定不想進去跟我們一起玩嗎？」

「不，我不去！」心玲掩着自己的耳朵。

「不去就不去，那麼……我們去你的家玩吧！」王小霞改變主意。

「去她的家玩？她的家有什麼好玩？」陳恩明問，「記得她是住天台屋的，破屋一間……」

「反正我們沒見過天台屋，我們去看看。聽媽媽説那些用鉾鐵和木頭造的天台木屋，下雨時會水流成河……」

「那聽着也有趣，林心玲，你不會不歡迎我們吧？」陳恩明説。

心玲勉強點頭應承，但求快點離開大人百貨公司。

到心玲家需要爬五層樓梯，陳恩明走到一半就幾乎放棄了，還在大呼小叫：「沒有電梯的怎麼住人呀？」

王小霞則不斷問：「到了沒？還有幾層？到了沒？」

總算到了，陳恩明不斷喘氣，還說：「經過這樣的練習，看來我可參加運動會的一百米短跑了。」

王小霞說：「你家也不算小啊！有我家的一半大！」

心玲說：「這天台有四戶人家，後面那間房子才是我們家的！」

「怎麼？這麼小的天台還要間成四間？」陳恩明叫。

進了心玲的家那只有一百呎的小房間，王小霞怪叫：「這裏連坐的地方也沒有，難道你們都是坐在牀上的？連吃飯時也坐在牀上吃？」

「這裏有摺凳，你要坐嗎？」心玲指着放在碌架牀縫隙的摺凳說。

「嗯，我才不要坐，這些摺凳又破又髒！」王小霞說。

「這裏面怎麼沒有洗手間和廚房？」陳恩明嚷。

「洗手間和廚房在外面，是四家人共用的。」心玲說。

「怎麼？洗手間都在外面？而且還是公共的？那跟公廁有什麼分別？」陳恩明說。

「想來又頗有趣啊！恩明你來看看，這四家人的房子中間的通道是露天的，那即是說下雨時住客上洗手間或去廚房也要拿着雨傘或者穿上雨衣嘍！」王小霞說。

「那真有趣啊！穿着雨衣、撐着雨傘上洗手間，我也想試試哩！」陳恩明說。

「本來這通道是有上蓋的，只是前陣子颱風把屋頂的鋅鐵捲走了，上個月又下過幾場雨，才來不及找人修好。」心玲解釋。

「那颷十號風球的話，會把這整間天台屋也颷走嗎？」王小霞問。

「那可好玩了，颱風把整間天台屋吹到學校前面，那心玲你上學不是很方便嗎？」陳恩明說。

王小霞拍手大笑道：「恩明你的想像力真好！那樣的話，真好玩啊！那心玲你一定很期待颷十號風球吧！」

「才不哩！颱風時我們這些天台屋很危險的，你們不會明白的！」心玲說。

「不明白就算了，咦，這間屋有一股怪味！這裏真髒，說不定有許多甲由、老鼠！」陳恩明說。

「嗯，怪味是從這兒傳出的。」王小霞指着摺檯上的一個瓦煲。

姑母每星期會煲一次湯，她會特地早兩個小時起牀，在上班前把湯煲好了，留待心玲姐妹下課回來及一家人吃晚飯時喝的。

「那是淮山杞子青紅蘿蔔湯。」心玲說。

「什麼是淮山、杞子？這必定是些便宜東西，我們家是煲燕窩、花膠、靈芝、冬蟲草湯的，你們煲的湯一陣怪味的，一定好難喝！」王小霞說。

「對啊！很臭哩！一定比苦茶更難喝！」陳恩明說。

「對了，那兩個小花瓶呢？心玲你不是說不想要嗎？拿出來給我吧！」王小霞說。

雖然心玲看到小霞臉上有着不懷好意的笑容，但為了快點和這兩件「賊贓」撇除關係，她還是儘快從神檯的抽屜裏把用報紙包好的小花瓶拿出來。她想，既然小花瓶是他倆偷的，現在交還給他們，自己就可以置身事外，再不用背着罪咎了。

王小霞拿了花瓶，二話不說，就揭開瓦煲蓋把它們放進湯裏。

「幹嗎？你……」心玲氣得說不出話來。

那湯是姑母花了不少錢買湯料、花了不少心思、時間煲的，他們一星期只可以喝一次，而且蘿蔔、淮山、豬骨等湯料，會盛在一個碟上成為晚飯的一碟餸菜，他們會蘸了豉油來吃。

「我這是幫你啊！這樣你就不用喝這麼難喝的湯了！」王小霞笑着說。

「對啊！這麼難喝的湯有誰會喜歡喝！」陳恩明說。

心玲聽了更氣了，她趕忙拿出湯勺把小花瓶舀出來。

「你這樣做不是浪費食物嗎？為什麼要把整鍋湯弄髒？」心玲遏不住憤怒。

「這湯料又便宜又臭又不好喝……」陳恩明狡辯。

看到心玲的臉一會兒紅一會兒白的，王小霞拍拍陳恩明的肩膊說：「我們回家了，別留在這臭地方……」

說完，他倆奔出心玲的房間，打開門一縷煙的跑了，留下心玲在那裏氣得想哭，淚水在眼眶中打轉。

6.

這天夜裏，心玲心情忐忑，睡不合眼。她記得自己用洗潔精洗乾淨了那兩個小花瓶，但忘了有沒有把它們放回神檯的抽屜中，假如讓姐姐或者姑母發現，那可糟透了，那時她怎樣解釋才好？

她推開被，弓着腳板走近神檯，驚覺那裏站了一個人，從神檯上微弱的紅燈光中，照見那是姑母，站在那裏，對着爸爸的相片喃喃自語。

觀察了一會，心玲猜想姑母該不是在喃喃自語，她該是在向爸爸說話吧！

心玲豎起耳朵來聽，隱約聽到姑母微弱的聲音。

「樹根，我對不起你，沒有把你的女兒教好。你說讓我把她當作女兒看待的心玲，她上學期考到第一，可以升到精英班，那讓我開心得幾個晚上也睡不着覺。可是，她升上了精英班，成績卻倒退了，這兩次測驗拿的分數差一點才及格。怎麼辦呢？如果她是一時不適應精英班也就算了，可是，假如她是認識了壞朋友的話……工友們都說十歲到十二、三歲的小孩踏入了反叛年齡，這個年齡的孩子交了壞朋友的話，後果不堪設想。為了營生、為了養活他們三個，我兼了份半工的酒店清潔工作實在走不開，怎有工夫去教好他們呢？樹根，你在天之靈實在要幫幫姐姐、幫幫你的女兒。你最愛讀古代的聖賢書、最重視子女的教育，如果你還在，一定能教好他們三姐妹，一定能讓心玲好好讀書、將來上大學。可是，姐姐讀書不多，實在力不從心啊！也許，姐姐做清潔工這樣卑微的工作，也不是個好榜樣，沒能讓他們為姑母感到光榮，沒能讓他們有上進心……我……我該怎麼辦呀？」說到這裏，姑母的聲音變得哽咽了。

看着泫然欲淚的姑母，心玲心如刀割，她跑到姑母跟前，哭着說：

「姑母，我錯了！我得罪了爸爸又得罪了你，我不配得到你送給我的腕錶……」

被嚇了一跳的林玉明趨前緊握着心玲的手，心玲嗚咽着將一切對姑母和盤托出。

7.

站在大人百貨公司家居用品部陶瓷器皿的貨架前，林玉明用雙眼搜尋那款白花圖案圓形小花瓶。找到了，價值真的不菲啊，買兩個花瓶等如自己一個星期的薪金。

那又有什麼辦法呢？她曾想過把兩個小花瓶悄悄放回貨架上，那就當作什麼事情也沒發生過吧！她也曾把小花瓶裏裏外外清潔過的。

然而，不問自取，又悄悄放回去，那終究不是光明正大的舉動吧！這對孩子們，又是怎樣的身教！

不可以這樣的，雖然，花掉這些錢，心玲兩個姐姐買練習簿的錢要遲一點才有得交，農曆新年帶孩子到啟德遊樂場玩又要押後到復活節或更遲，可是，還有什麼辦法呢？

難道讓心玲去跟百貨公司的經理道歉，希望他念在心玲年紀小不責怪她，把兩個花瓶收回就了事？

可是，明明不是心玲偷的東西，要她為此事道歉，不太委屈了她嗎？難道真正偷了東西的她那兩個同學會肯跑來道歉？那也是不大可行的。

與其令心玲受委屈，不如自己承受吧！向百貨公司的經理道歉，掏錢買了兩個小花瓶該足夠了吧？

林玉明步履維艱地邁着腳步，走到店員面前，請她把經理找來。不久，經理來了，林玉明從手提袋中掏出兩個小花瓶，向經理彎腰九十度鞠躬道歉。

這一切，看在心玲眼裏，淚水在她心裏流淌。知道姑母拿了小花瓶來大人百貨公司，心玲一直悄悄在後面跟着。

雖然姑母說付錢買了兩個小花瓶就該沒事，但是心玲還是不放心。此刻，看到姑母為了自己向百貨公司的經理鞠躬道歉，她感到像自己的脖子被別人扼住一般難受。

不能這樣，不能讓姑母為自己承受這樣的屈辱！心玲衝到經理面前，也深深地鞠了一個躬，鼓起勇氣說：「是我錯了，不是姑母的錯！我做錯了，請你原諒！」

8.

物換星移，時光荏苒，心玲站在車如流水的彌敦道上，看過去對面馬路大人百貨公司的舊址，如今已變成了周大福金行、英皇錶行。

心玲一面感歎如梭的年月，一面卻感到有趣，同樣的位置，從前是大人百貨公司的櫥窗，二十多年後，是一家錶行的櫥窗。

櫥窗中，同樣陳列着各式名牌手錶，有金燦燦的、有鑲鑽石的，有玳瑁錶面的，讓她感到恍如時光倒流一般。

當然，腕錶的款式是不同了，但從前某一兩種牌子的名錶仍佔着櫥窗中最當眼的位置，如勞力士、奧米加。

她牽着姑母的手問：「姑母，你挑一枚吧！沒記錯你該喜歡奧米加的款式。」

林玉明看看自己的雙手，是比從前更皺更乾了，她皺了眉說：「這麼乾這麼皺的手，戴了名錶也不會好看，不值得為它浪費了那麼多錢……」

「怎麼不值得？是這一雙又乾又皺的手辛勤工作養大了我們的，也是因為我們，它們才變得這麼乾這麼皺，它們配得到世上最珍貴的東西作裝飾！」

林玉明還想推辭，心玲卻堅持道：「姑母，讓我還了這二十多年來的心願吧！可惜大人百貨公司已經結業多時了，我多想在同一家公司裏買一枚最好的腕錶，買兩個最貴重的瓷花瓶，作為對你的報答……」

「心玲……不要這樣說……」林玉明囁嚅。

「姑母，不要心疼我花錢，這可是父親節、母親節和你生日的禮物了啊！可惜並沒有『姑母節』，不然……」心玲續說。

林玉明用她那雙粗糙的手緊握着心玲的手，感動得說不出話來。

百貨公司是售賣多種貨品的大型商店，因其中的貨品分門別類的展示銷售，英文稱為 Department Store。百貨公司通常會售賣較昂貴和大型的商品，例如傢俱、電器等，亦會售賣服裝、化妝品、玩具、廚具及運動用品等。

從前，父母假日帶子女去逛百貨公司，是僅次於看電影的娛樂節目。香港第一間百貨公司是 1900 年 1 月 8 日於中環皇后大道中開業的先施公司。永安公司於 1907 年 8 月 28 日於皇后大道中 167 號開設。先施公司、永安公司，連同 1911 年成立的大新公司和 1932 年成立的中華百貨公司，有「四大公司」之譽。其後，經營環球百貨的公司愈來愈多，如義興百貨公司、新新百貨公司、昭信、麗華和真光百貨公司，亦有外資百貨公司如連卡佛、龍子行、瑞興、惠羅、占飛、天祥、美美等。到了六十年代，日本百貨公司冒起，有大丸、松板屋、三越、崇光、八百伴、吉之島等。

1938 年，中國國貨公司於香港開業，為本港第一所國貨公司。五十年代末到六十年代更是為國貨公司的黃金時代，裕華國產百貨有限公司就是於 1959 年啟業的。

六十年代，首間日資百貨公司進駐香港，香港大丸百貨公司於 1960 年 11 月在銅鑼灣開業，至七十年代，愈來愈多日資百貨公司於本港開業，有 73 年 9 月的伊勢丹和 74 年 4 月的松坂屋。

到了八十年代，香港三越百貨於銅鑼灣開業，香港東急百貨有限公司 82 年 6 月於尖沙咀開業，八百伴 84 年 12 月於沙田新城市廣場開業，崇光香港百貨有限公司 85 年 5 月於銅鑼灣開業，UNY 和吉之島分別於 87 年 6 月和 10 月在太古城中心開業。

其後「亞洲金融風暴」重創香港的經濟，不少日資百貨公司結束。八百伴於 97 年年底結業，松坂屋和大丸分別於 98 年的 8 月和 12 月結業，其後吉之島的四間分店亦在 04 至 10 年間相繼結業，本地的百貨公司和國貨公司亦受到沉重的打擊。

月希滿帶星輝的白雪公主書包

1.

月希只有九歲，但這九年的人生已經可以分為三個階段。

出生到三歲，那該是最幸福的階段吧！當時她的父母的感情很好，二人還沉浸於初生女兒的喜悦中。然後他們不斷的吵架，只有三歲的月希當然不會明白這些事，然而當她讀幼稚園之後，父母惡劣關係的惡果她是嘗到了。

過了三歲生日不久，月希的父母離婚了，她親眼看着母親推着行李箱離開。自此，都是嫲嫲照顧她，但嫲嫲其實並不願意承擔這責任，因為這讓她悠閒的退休生活打亂了。

每天都是嫲嫲接她上課下課，由於這是嫲嫲不願意承擔的責任，嫲嫲有點兒敷衍塞責，常常令月希上課遲到，有時又遲了很多才來接她下課。雖然是遲來了，但嫲嫲卻是一臉不悅的，不斷嘮叨：「想多唱一支曲也不行……」「和曲友喝茶談得好好的，又要趕來接你……」

三歲多到六歲的階段都是嫲嫲接送上課下課、遲到被老師訓話、下課要等很久才有人接，這些月希也沒埋怨，最令她懊惱的，是同學仔常常問她：「為什麼你媽媽不來接你下課，她工作很忙嗎？」或者：「我媽媽也要上班，但她放假那幾天就一定會來接我，為什麼你媽媽沒來呢？」

月希很討厭和同學仔不同，也很討厭見到那個說媽媽是大忙人、但難得放假也趕來接她的同學仔。

幸運地當她六歲升上小學一年班之後，情況大大不同了。這一年爸爸娶了一個新媽媽回來，雖然這個新媽媽的廣東話說得不太好，常常跟她說普通話，煮的菜也沒有嫲嫲煮的好吃，但月希總算滿足了，因為總算有媽媽接她上課、下課了。

2.

六歲到九歲這三年，月希的日子過得不錯，爸爸說這新媽媽是承諾過會待月希如自己的親生女兒，他才娶她的。新媽媽也說到做到，頭一年還刻意地待月希好，說要讓她做小公主，但月希不期望做小公主，有媽媽接送她上課、下課，她已經很滿足了。

情況在月希九歲時又起了變化，這可以說是踏進了她的人生的第四個階段了。繼有了新媽媽之後，她又有了新妹妹。

這狀況有點把月希弄糊塗了，同學仔有弟弟妹妹，都是爸媽從醫院抱回一個初生嬰兒，但自己的這個新妹妹，卻是媽媽從火車站接回來的，而且初次見到的竟是已有八歲大的妹妹靖文。

讓月希更感到糊塗的是嫲嫲說靖文是新媽媽跟另一個男人生的，爸爸娶她時她剛和前夫離婚不久，她來香港之前女兒一直由外婆照顧。月希的媽媽卻有另一個說法，她說爸爸在許多年前已跟這個女人在內地生了這個私生女，她是因為這樣才跟爸爸離婚的。

月希弄不明白這麼複雜的事，她只感到自從靖文來了之後，新媽媽待她明顯不同了。

新媽媽說妹妹剛來香港，在生活上不適應，要照顧她多點，爸爸也囑月希要多照顧妹妹。月希不太介意爸媽多花時間在照顧妹妹上，她最介意的是妹妹進了她讀的小學讀書，同學仔都問她為什麼突然多了一個妹妹。該怎樣回答呢？是用嫲嫲的版本還是媽媽的版本？

初時她不懂回答，同學仔問了幾次之後，月希用了在中國語文課上剛學到的修辭技巧——「反問」來回答：「有妹妹不好嗎？」

同學仔聽了，馬上板起臉孔回答：「不好！一點也不好！自從妹妹出世後，媽媽對我不一樣了！」

原來多了一個妹妹，無論是初生的也好，一來已經是八歲大的也好，媽媽都會待自己不再一樣的了，想到這裏，月希心裏更釋然了。

新媽媽從來不介意月希的成績只是中等，也從沒跟其他同學仔的媽媽一樣，要子女讀不同的興趣班、學習班，可是，自從妹妹來了之後，新媽媽為她請來了補習教師，也替妹妹報讀了拉丁舞班、小提琴班。

補習老師主要是教妹妹的，新媽媽說：「妹妹要追上香港課程的進度嘛！雖說請來的老師主要教妹妹，但你偶爾向老師請教也是可以的。」

新媽媽沒讓月希報讀小提琴班、拉丁舞班，她解釋說：「你沒妹妹這麼好動嘛！又沒有音樂天分，妹妹這方面可有天分哩！要好好培養她才行。」

反正月希也不大喜歡拉丁舞和小提琴，因此也樂得不用像妹妹那麼忙碌。靖文也常常抱怨既要應付功課又要上補習班、小提琴班、拉丁舞班，忙得連玩的時間也沒有。也因為這樣，有時月希會安慰自己得不到新媽媽的太多關注也是好的。

說新媽媽對自己不好嗎？也不算吧？她和妹妹到哪裏也會帶月希一起去，買什麼給妹妹也會給她買一份，只是，買給她的總是較買給妹妹的便宜許多。

就如他們家附近有一家永安百貨公司，百貨公司的地下是賣化妝品的，二樓賣女裝、三樓賣男裝，月希和靖文最喜歡去四樓的文具部和玩具部。

靖文買的文具多是有卡通公仔的，米奇米妮、Hello Kitty、Miffy、白雪公主……她都愛，這百貨公司裏賣的文具都是正版的名牌子，價錢一點也不便宜，新媽媽每次都買給靖文，每次都說：「這是獎勵妹妹XX科測驗得了高分、得了學校的XX獎項……」可是，她從來不會在這百貨公司買文具給月希，不是因為月希從沒得過高分數、從沒得過獎，而是她壓根兒從沒過問過月希的成績及她在學校的事。

至於月希需用的文具，有時是新媽媽給點錢讓她在學校附近的小文具店買的，有時是讓她用妹妹用過的、用了不久便厭棄了的。

月希跟新媽媽和妹妹去永安百貨公司，大部分時間是雙眼發光的看着靖文挑選那些美輪美奐、各式各樣的卡通公仔文具，自己卻不可奢望得到。或者可以期望靖文買了她心愛的文具，然後快點厭棄了就轉給她用。

有一天，不知道發生了什麼事，新媽媽帶他倆到永安百貨公司，卻是讓月希自己在文具部挑選文具。這怎不教月希受寵若驚？她生怕新媽媽會改變主意，連忙挑選了一個美女與野獸卡通公仔筆袋和一個背囊。

新媽媽竟然真的拿了筆袋和背囊去付款，只是有一點比較奇怪，她在付款之前跟靖文打了一個眼色，然後靖文點了點頭，還說了一句：「夠大了的。」興奮的心情讓月希沒有深究箇中原因。

一個星期後的星期六下午，新媽媽對她說：「去上課嘍！記得要坐在妹妹鄰座。」

月希聽得莫名其妙，問：「上什麼課？」

「上寫作班啊！我忘了告訴你嗎？不要緊吧！反正什麼也不用預備，上課時老師會教你的，你也想自己的作文成績進步吧！」

上寫作班？也可以吧！反正自己最喜歡中國語文科也最喜歡寫作。

「這是妹妹的作文簿、這是妹妹之前的幾份作文功課，你都放進你的背囊裏吧！反正你的背囊夠大。這是妹妹要用的筆、改錯帶和尺子，都放進你的筆袋裏去吧！反正你的筆袋夠大。妹妹喜歡用螢光筆做筆記，也多放幾支不同顏色的進你的筆袋裏吧！都是她需要用的，反正不會很重。」

新媽媽駕車送他們去上寫作班，因為上課的地方附近不能停車，泊車又難，到了附近，新媽媽停了車，就讓月希帶着靖文走一條長長的斜路到上課的地方，她遠遠地目送他們，看到他們進了學校才開車離開。

月希背着那個大背囊走這段斜路有點吃力，靖文卻是兩手空空的跑在她前頭不等她。

寫作班裏都是小學三年級的學生，只有月希一個是四年班，那一課她的作文最高分，老師也讚她最認真上課，反而靖文上課的時候一時哼歌一時又趴在桌上，甚至跟老師使小性子。下課前，老師跟月希説：

「告訴媽媽，妹妹上課很不專心，很不認真，叫媽媽訓示妹妹下一課要認真些。」

下課時，靖文卻用恐嚇的口脗對月希說：

「因為我怕悶，不喜歡上寫作班，而且兩個人報名有七折，媽媽才讓你陪我來上課的，你要向媽媽說老師的話，我下一課就不來了，那麼你也沒得上！」

因為月希喜歡上寫作班，她沒有把老師說的話轉告新媽媽。

上寫作班第三課的時候，坐在月希旁邊的同學仔問她：「你是靖文的姊姊還是書僮？她的筆記簿、文具全是你替她拿的，幾乎是她寫錯了字也是要你幫她刷，我看古裝電視劇裏的書僮也是這樣的。噢！不對，書僮是男孩子做的，你該是她的『妹仔』！」

「妹仔」這稱呼，真的有點傷到月希的自尊心了，但她安慰自己，只是幫靖文拿點文具、筆記等而已，又不是很重，而且新媽媽也沒讓她像電視劇裏的「妹仔」般服侍靖文。

然而，不久之後，月希真的有了當靖文「妹仔」的感覺了。

才學了拉丁舞三、四個月，媽媽就讓靖文去參加舞蹈比賽，還花了近二千元為她買來舞衣、舞鞋。

比賽那天，媽媽為靖文化了厚厚的裝，讓她看來似個「小大人」，又在她身上塗了許多深啡色的粉底，說這樣才有拉丁味道，讓靖文看上去像個黑皮膚女孩。

雖然靖文的舞衣、舞鞋很漂亮，讓月希很羨慕，但月希告訴自己才不要做小大人、黑皮膚女孩，她才不要跳拉丁舞！

到了比賽的場館，新媽媽帶靖文去報到、去排練，讓月希呆呆的在看台上看管靖文的舞衣、舞鞋。新媽媽說舞衣上黏了很多水晶鑽，每顆要花一元多，一定要到了場館在比賽前一刻才換，不然，靖文到處跑、到處坐，弄丟了水晶鑽的話，就要損失好幾十塊錢了。

靖文換舞衣的時候，媽媽因為要和舞蹈老師談話，要月希帶靖文去換舞衣。在更衣室裏，多是菲傭或孩子的媽媽幫他們換衣服的，月希卻要幫靖文脱下厚厚的衣服，甚至脱襪子，然後為她穿上舞衣、絲襪、舞鞋。

這時，她感到自己真的很像靖文的「妹仔」。

靖文換好了衣服出去找新媽媽，新媽媽看見了勃然大怒，竟罵起月希來：

「你怎麼幫妹妹換衣服的？穿反了呢！她馬上要去比賽了，評判不會等她一個啊！錯過了這麼重要的比賽你要負責！」

媽媽馬上帶靖文到更衣室，回來時又在許多人面前罵月希：

「舞衣上掉了好幾顆水晶鑽啊！你怎麼這麼不小心！弄壞了妹妹的舞衣怎辦？怎的你總是這麼蠢這麼鈍的？」

這不像是古裝電視劇中的「妹仔」被「夫人」責罵嗎？月希要自己強忍淚水，不然，就更像「妹仔」被「夫人」懲罰完在啜泣了。

3.

到靖文第三次參加拉丁舞比賽的時候，月希已經掌握了幫靖文換舞衣的竅門，已經不會讓她穿錯也不會弄掉她舞衣上的水晶鑽了。

新媽媽也不再在場內高聲罵月希，因為她認識了幾個有地位的名媛家長，話題開始在靖文該升讀哪間 Band 1 中學、該找哪位補習名師上打轉。

每次靖文比賽新媽媽也會帶上月希，月希為靖文換完舞衣之後，會坐在看台上看。說真的她對舞蹈比賽的興趣不大，反而喜歡欣賞參賽者穿的舞衣。

聽其他家長跟新媽媽說，靖文跳的這種叫國際標準舞，分為拉丁舞和摩登舞兩種。拉丁舞比較熱情奔放，所以女舞者的舞衣上的布也少一些，有些甚至只有小小的一塊布遮住胸部和臀部。

就算像靖文這種年紀小小的女孩，也是穿這麼少布的舞衣，只是上面縫上一些顏色鮮艷的羽毛或流蘇，算是遮蓋身上多一點兒。

雖然舞衣的布這麼少，但上面密密匝匝地黏滿了水晶鑽，令在燈光昏暗的比賽場館中，遠遠的觀眾也會被舞衣吸引住眼球。

雖然月希喜歡這些閃亮亮、燦爛得令人目眩的水晶鑽，但不喜歡那些像只用兩塊布遮掩身體的拉丁舞衣，她反而喜歡那種摩登舞的舞衣。

聽比賽的司儀宣布，讓月希知道摩登舞有華爾茲、探戈、狐步、快三、快四共五種，都是比較典雅、優美的舞步，不似拉丁舞那般狂野奔放，因此，舞衣也會保守和典雅一些。

摩登舞的舞衣不會只有兩幅布，而是好像婚紗、晚禮服、公主服一般的長裙，而且有又寬又蓬的裙襬，起舞旋轉時裙襬隨着轉動飛揚，煞是好看。

月希也想擁有一件這樣的舞衣，也想穿上這樣的舞衣跳舞、旋轉，但她知道這只是奢望，新媽媽絕對不會買這樣昂貴的舞衣給她。爸爸給的家用，新媽媽都花在給靖文上補習班、興趣班、聘請拉丁舞名師和買舞衣上了。

她也不讓自己多花心思在奢想或嫉妒上，在妹妹忙於綵排比賽、新媽媽忙於周旋於家長之間時，她就坐在看台最低的座位上欣賞各式色彩繽紛的舞衣。

她最喜歡白色的摩登舞衣，像婚紗，又像白雪公主穿的長裙，讓人感到如夢如幻，純潔無瑕。

比賽場內除了小孩子還有成年人，其中參加摩登舞比賽的成年人比小孩多；參加拉丁舞比賽的卻是小孩比成年人多。

成年的女參賽者穿的舞衣多是玫瑰紅色、螢光綠色、紫羅蘭色的，穿白色的只有兩三個，白色的舞裙設計不特別，只是上面黏滿了奪目的水晶鑽。

這其中，有一個約莫二十多歲的姐姐，穿的是白色舞衣，舞衣的設計簡單、淡雅，並不是又密又雜的黏滿了水晶鑽。她的舞衣裙襬上釘上了金色的蕾絲花朵，花朵不大，卻點綴了白色的淡雅，讓舞衣不再平淡。

當那位姐姐起舞旋轉時，白色裙襬轉動搖擺，像冬季颳起的一場風雪，而這些飄雪中間，竟有幾朵金光燦爛的花朵在迎風飛舞。

這令月希目眩了，令她感到如在夢幻中，又如置身於美麗的童話故事裏。

飄雪配上金色的花朵飛舞，本來已是奇幻的景象，這飄雪上面，竟又有許多顆亮光，恍如一閃一閃的繁星。

繁星？月希明白了，那是白色舞衣上的水晶鑽，因為沒有黏得密密麻麻，反而令人聯想起無際的星空。

飄雪、繁星與飛舞的花朵，都是月希最喜愛的，因此，這位姐姐穿的舞衣，就成了月希的夢幻舞服，讓她看得目不轉睛，悠然神往。

這位姐姐比賽完了，跟舞伴不知跑到什麼地方休息去了。百無聊賴的月希望着比賽場館的木地板發呆，悵然若失。

驀地，她被地板上一閃一閃的光輝吸引了，星空怎的會降到地上去了？看清楚，原來是從參賽者的舞衣上掉下的水晶鑽。舞步愈快，轉動愈激烈，舞者舞衣上的水晶鑽掉得愈快愈多。

月希忽發奇想，跑到場地上掇拾地上的水晶鑽，她在想：「如果拾到足夠的水晶鑽，可以造一件舞衣給自己嗎？」

她低着頭、雙腳小步小步的在地板上挪動，目不轉睛地盯着地面，冀求看到一點閃光。

一閃一閃又一閃，她俯身掇拾一次兩次三次，彎得腰也痛了，她只拾到了十二顆，然後，她發現另外有兩個小女孩也和她爭着拾水晶鑽。

怎麼辦？愈來愈多人來爭着拾怎麼辦？她徬徨了，這時，她卻看到前面的地板上有一雙閃亮的舞鞋，舞鞋的主人正彎下身子跟她說話。

是那位穿白色舞裙如仙女一般的姐姐，她把手掌心上一顆足有八毫米直徑的水晶鑽遞給月希，說：

「妹妹，給你一顆星星。」

月希接過水晶鑽，抬頭一看，這顆大水晶鑽不就跟這位姐姐舞衣上的大小和顏色一樣嗎？

「謝謝⋯⋯」月希戰戰兢兢的說，「姐姐的這顆水晶鑽比我剛才拾到的要大要亮！」

「可是，只有一顆的話，多大也不會很亮，你儲積起來許多許多顆放在一起，就會很亮，像漫天的星星，不但能夠照亮自己，還能照亮別人。」仙女姐姐笑着說，她的聲音如銀鈴搖動那般好聽。

「漫天星星？照亮自己也照亮別人⋯⋯」月希邊呢喃邊幻想那漫天星輝的美麗景象，不知不覺，仙女姐姐已經走開了。

4.

月希希望可以用拾來的水晶鑽造自己的舞衣，可是，聽新媽媽說造一件拉丁舞衣要黏五、六百顆水晶鑽，摩登舞衣的話，可能要用上千顆，她現在才只有十多顆，要儲多久才夠？該不用太擔心吧！靖文幾乎每個月也會參加一次拉丁舞比賽，如果一次拾到十多顆，十次就有百多顆，一百次就有千多顆。

一百次比賽？那不是要花上八、九年嗎？噢，自己不是要穿去比賽跟人爭妍鬥麗、爭奪評判目光的，只是用來裝飾用，百多顆該足夠了吧！那麼，勤力去撿拾的話，一年時間該可以了。

然而，一件舞衣該怎麼造呢？自己不是裁縫呀！或者，叫新媽媽買裙子給她，然後自己黏上鑽。當然新媽媽不會肯給她買，而親生的媽媽，大約每兩個月會來探月希一次，到時可以求求她，買來當作生日禮物也好。

不幸的是，從爸爸口中得知的消息，月希這個盼望要幻滅了，爸爸告訴她，她的親生母親要跟新的丈夫移民到澳洲。

澳洲在哪裏？那個新的丈夫又是誰？月希毫無頭緒，只知道，親生媽媽在離開這個家之後，現在又要離開她更遠更遠了。

為什麼親生媽媽會想離開自己這麼遠？而且愈來愈遠？下一次，她會不會離開地球，移民去火星？

爸爸說：今天媽媽會來看她，那是移民澳洲前的最後一次了。

媽媽來了，她的服飾打扮跟以前不同了，她燙了鬈曲的頭髮，臉上化了點妝，顯得比之前漂亮了。

「月希，媽媽以後不能常常來看你了。」媽媽說。

你之前也沒有常常來看我啊——月希想。

「你想要什麼？媽媽買給你，作為離別前的禮物。」

月希想起那條舞裙，想起滿天的星光，可是，再燦爛的星輝她也看不到了，因為，她的雙眼已經被淚水弄得模糊了。

「月希，不要哭，不要傷心，媽媽兩年，不，一年可以回來看你一次的，只要我的丈夫工作不太忙可以放大假，或者你的弟弟放暑假時……」

丈夫、弟弟……媽媽已另有自己的家人，而月希，也許已經不再被她當作家人了。

月希愈想愈傷心，不停地哭。

「月希你不要哭嘛！媽媽要走了，你就沒有話要跟媽媽說了嗎？」媽媽發急地嚷，月希感到她是對自己不停的哭感到不耐煩了。

媽媽走了，月希的眼淚仍是停不住，直至吃晚飯的時候，靖文進房裏去叫她。

月希只是搖搖頭，靖文向房外大嚷：「爸爸、媽媽，姐姐不吃晚飯了。」

飯後，靖文發現功課還欠一樣沒做完，她的改錯帶用完了，就去翻月希的書包，拿出她的筆袋。

「你為什麼翻我的東西？」月希平時不大會計較靖文翻她的東西，今天卻不知從哪裏來了點脾氣要發洩。

「我要用改錯帶！」靖文說。

「你用你自己的！」月希說得決絕。

「我的用完了！」靖文爭辯。

「那也不可以用我的！」

「你威風什麼？文具、筆袋都是我媽媽給你買的，筆袋和背囊還是要得到我的同意她才給你買的！」靖文嚷起來。

「你的媽媽的錢也是爸爸給的！」月希也不退讓。

「爸爸是你和我都有份，媽媽卻全是我的，我有一又二分一，你只有二分一，所以我得的多些，什麼也是我的。」靖文在學校裏數學老師最近在教分數應用。

我只有二分之一？月希在心裏默默運算。

這時，靖文以為自己已經説服了月希，便又伸手去拿筆袋，月希卻把筆袋搶過來坐在上面，不讓靖文拿到。

「你這麼自私、脾氣這麼不好、又蠢又懶，難怪你的媽媽不要你！」靖文生氣的說。

翌日早上上課，月希拿出筆袋時，發現筆袋上被螢光筆寫上一個大大的「蠢」字！這一定是靖文做的，月希怒不可遏，她決定以後不再跟靖文說話。

5.

直到一個星期後上寫作班，月希也沒有跟靖文說一句話，可是，她仍然為靖文帶筆記簿和要用的文具。

寫作班老師在黑板上寫上這一堂要作的題目：「我做錯了！」

靖文看了馬上嚷：「老師，我沒做過錯事，這個題目我不懂寫！」

「怎會有人沒做過錯事？我們都是罪人，怎會沒做過錯事？只是你沒有反省而已。」老師微慍地說。

這時，月希在想：自己是否真的又自私又脾氣不好？又蠢又懶？媽媽才不要她？她在反省——真的是因為自己做錯了什麼嗎？

靖文的聲音又響起：「老師，我真的想不到啊！這個題目我不會寫。」

靖文說完，另一個同學仔也附和說：「對啊！老師，我也不會寫！」

「這樣吧！」老師無奈地說：「本來我打算讓大家參加一個徵文比賽，同樣需要大家寫一篇記敍文，本來想大家先寫這題目練習一下，然後回家再寫徵文比賽的題目，作好了下一堂交給我，我集合了大家的作品一起寄去參賽的。現在既然大家沒靈感，我就讓沒靈感的同學先寫徵文比賽的作文吧！徵文比賽的題目是：『一件好人好事』，同樣要求大家寫一篇記敍文……」

老師解釋該怎樣寫這篇文章時，月希還在深入反省自己做錯了什麼，不大聽到老師說的。可是，老師以下說的這番話吸引住她的注意力：

「好的人、好的事，也是要靠我們平時儲蓄、累積而來的。各位同學，你們記得我從前教你們學寫描寫文時說過的嗎？儲蓄對寫作很重要，平時沒有儲蓄，我們到寫作時就沒有可用的。譬如，我們要儲蓄對人、對事物的觀察，還要用心記住或寫下來，這樣，到我們作文時就可以應用出來了。這方法也可以用在寫記敍文上，日常生活中，發生過什麼事給我們印象深刻的嗎？我們將事情的情節和細節都好好記下來，到我們作文時就可以寫出來了。我建議大家多記住美好的人和事，這樣，我們也會成為樂觀、快樂、懂得感恩、知足的人。老師小時候看過安徒生的一篇童話《老墓石》，其中一句話老師一輩子也不會忘掉：一切美的和善的東西永不會被忘掉，它會隨着傳說和詩歌一代一代的流傳下去……」

一切美的和善的東西永不會被忘掉？是真的嗎？自己身邊又有什麼美善的東西呢？自己能夠寫好「一件好人好事」這題目嗎？月希不停思考。

到了下課時，月希已經把文章寫好了，老師叮囑他們回家再看一次有什麼要改善的，把文章用原稿紙謄抄好了，下一課帶回來。

靖文沒有如往常的把寫好了的作文塞給月希、讓她放進背囊中，這次卻把作文簿翻開到剛寫好的一頁，指着上面的幾行字，說：「你看看這些……」然後跑開了。

月希看到那幾行字寫着：

「我從來沒有做錯過，所以我不懂寫『我做錯了』這題目，可是，我認為自己是一個好人，今天，我也做了一件好事——我決定把媽媽分一半給姐姐！這可是很大的決定啊！姐姐因為她的媽媽的離開而不開心了一星期，如果我把媽媽分一半給她，她至少會有半個……」

月希看着靖文歪歪斜斜的字笑了。

聖誕節快到了，靖文又拉着媽媽去永安公司買禮物給她，月希也隨着他們到文具部。靖文左挑右挑，挑了一個粉紅色的 Barbie 筆袋，拿到月希面前，對她說：「姐姐，這個筆袋好看嗎？我弄髒了你的筆袋，現在賠一個給你！」

新媽媽也說：「好的，弄髒了姐姐的該賠一個給她，讓我在你的零用錢裏扣回。」

靖文扁着咀委屈的說：「那……好吧！」

月希卻笑着說：「不用了，原來的筆袋也很好。」

原來，月希用掇拾來的水晶鑽在筆袋上黏了一個米奇老鼠公仔圖案，遮蓋住那個「蠢」字，她還打算用以後拾到的水晶鑽，也在背囊上黏一些圖案，遮蓋住上面的污漬。

月希不知道靖文說分半個媽媽給自己是不是真心的，也不知道靖文是否仍認為自己從沒做錯過，可是，她卻在寫完了那篇「一件好人好事」，寄去參加徵文比賽之後，還自發寫了以「我做錯了」為題的作文，因為，她真的認為自己做錯了。

靖文的婆婆從廣州來了探他們，新媽媽叫月希也叫她婆婆。婆婆見到月希的第一句話是：

「你就是月希呀！你看來比靖文乖。我們的靖文呀！最會使小性子、最會撒嬌。」

「這都是婆婆教的！」靖文一臉認真的説。

「什麼？使小性子、撒嬌也是婆婆教的？」婆婆給靖文弄得有點糊塗了。

「對呀！是我來香港之前婆婆教的。」靖文堅持。

「哦，婆婆想起來了，對呀，是婆婆教靖文的。月希呀！我的靖文早些年也挺可憐的，她生下來才一個多月，媽媽就去了外地打工；她五歲大的時候，媽媽就來了香港，她由生下來到來香港前這八年，能夠見到媽媽、讓媽媽抱抱她的時間不足三個月呀！所以，我教她，見到媽媽之後就多向媽媽撒嬌，補償之前見不到媽媽的日子……」婆婆娓娓道來。

啊，原來是這樣的。月希想起自己從沒過問這個新媽媽的事，也從沒關心過靖文的過去與現在，難怪靖文說她自私。

想來靖文也挺可憐的，和她比較，至少自己在三歲之前有親生媽媽照顧，六歲到九歲時靖文的媽媽也一直待她不錯，當時她是霸佔了靖文的媽媽哩！現在，靖文多向自己的媽媽撒嬌也是應該的。

月希在那篇以「我做錯了」為題的文章，開頭是這樣寫的：「我做錯了，因為我從沒關心過妹妹，但妹妹卻説要分半個媽媽給我。……」

從這天開始，月希多花了心思關心新媽媽和妹妹，甚至靖文參加拉丁舞比賽時，她會用心欣賞靖文的舞姿，發覺靖文進步了不少。

6.

到靖文在八至九歲的年齡組別的拉丁舞獨舞比賽得到冠軍時，月希已拾到超過一百顆水晶鑽。她在地上發現水晶鑽的時間比別的小朋友快，所以拾得也快。漸漸的，之後的比賽，她只花半小時拾水晶鑽，其餘的時間會用來看靖文比賽，也會坐在觀眾席上拿出功課來做。

這天，當她拿出課本、練習簿和文具來做功課時，有人走近她，坐到她身邊，跟她說話。

啊，是那位穿白色舞裙的仙女姐姐。

「小妹妹，你的筆袋和背囊上都用水晶鑽黏了卡通人物圖案，好漂亮啊！」仙女姐姐對她說。

月希聽到讚賞，羞澀地低下頭。

「小妹妹不只懂得掇拾星星，積聚星輝，還懂得運用創意讓星輝更亮。」

月希的臉更紅得發燙了。

「上兩次的比賽沒見到你，我為你找到好多顆水晶鑽啊！現在終於可以給你了。」仙女姐姐從小手袋中掏出了幾顆又大又漂亮的水晶鑽給月希。

「謝謝你！」月希邊接過水晶鑽邊說：「姐姐的舞裙很漂亮啊！跳舞時轉轉轉的時候就更漂亮了。」

「是嗎？感謝你的讚美。小妹妹，你也可以穿這些漂亮舞衣的，你可以學跳摩登舞啊！你想學嗎？」

月希搖搖頭，說：「我沒有妹妹那麼會跳舞，可是，我喜歡寫作，我的作文比妹妹高分。」

「是這樣呀！寫作也好啊！那麼，我希望妹妹將來成為出色的作家。」

作家？我可以成為作家？月希傻笑起來，一臉疑惑。

「對啊！成為作家，把美好的故事、美好的事情也寫下來，流傳下去，就像掇拾星星、積累星輝一樣。」

月希聽了，認真地點點頭。

「大家一起努力啊！姐姐的比賽場地在這場館中，妹妹你的比賽場地在原稿紙格子上，或者在電腦鍵盤上。」

在原稿紙格子上？在電腦鍵盤上？月希幻想仙女姐姐穿着漂亮的白色舞衣在稿紙

上、電腦鍵盤上舞動、旋轉，裙襬揚起了璀璨星輝。

想到這裏，月希滿足地笑了。

7.

也許月希在原稿紙格子上的舞蹈跳得真不錯，她寫的那篇「一件好人好事」取得了徵文比賽的第二名，爸爸、靖文和新媽媽，甚至婆婆也說要來參加她的頒獎禮。

月希知道自己的母親不會從澳洲回來參加這頒獎禮，但她親手造了一張卡寄給媽媽告知這件事，卡面上有她用水晶鑽黏的圖案，那是一件簡單又漂亮的舞衣圖案。

至於徵文比賽獎金的二千元，她打算留下三分之一給自己，三分一拿來請大家在麥當勞吃大餐，其餘的三分一拿去捐給貧窮國家的小朋友。

月希想像着下一次見到仙女姐姐時，要把這好消息告訴她，還要讓她看看徵文比賽的亞軍獎狀……

永安百貨創辦於 1907 年 6 月 28 日，是香港其中一間歷史最悠久的百貨公司，既是香港第二大華資百貨公司，亦是早年上海南京路四大華資百貨公司之一。永安公司由華僑郭標、郭樂及其弟郭泉在香港創辦，總店位於上環德輔道。

永安百貨曾在香港開設多家分店，但部分其後結業，包括 1970 年代銅鑼灣波斯富街分店、1980 年代灣仔合和中心分店及 1990 年代旺角彌敦道分店、荃灣海濱花園分店和南區香港仔中心分店、中環永安集團大廈分店，2001 年美孚分店亦結業，2004 年 2 月九龍灣及黃埔分店結業。

現存的永安百貨佐敦分店位於佐敦永安九龍中心地庫一層、部分地下、全層一樓至六樓，面積為 132,757 平方呎。

萬成百貨公司
商務印書館

秀月和媽媽的兩棟相連公仔屋

1.

秀月在崇光百貨公司的玩具部看中了一間 Barbie 公仔屋，嚴格來說它不只是一間屋，而是一所大宅，有 Barbie 住的一棟，分兩層，下層是她的客廳，上層是她的睡房，還有衣帽間；睡房裏的睡牀、梳妝檯，還有貴妃椅最讓秀月羨慕。兩層樓之間還有一台專用升降機供上落。另一棟有客房和廚房，再一棟有兩間工人房和小狗屋。

秀月不貪心，她知道自己永遠不會有錢買整座大宅，那要花好幾千元，而且家裏也沒地方放，她只想買到 Barbie 的主人房的那棟。

她常常幻想自己可以擁有一模一樣的房間，有偌大的公主睡牀、粉紅色梳妝檯，還有可以放上百件衣服的衣帽間。那專用的升降機也盡顯主人的尊貴身分，只有自己一個，還有自己的客人可以用。

自己住的「劏房」跟這「公仔屋」比較起來，不是太寒傖了嗎？她是上個月才知道自己住的房子叫劏房的，媽媽說他們住的是套房，可是同班同學小國卻叫她「劏房妹」，說她住的是「劏房」，是一個單位「劏開」成為幾間的意思。

秀月住的劏房是一個八百呎的單位「劏開」成四間，每間有二百呎。

「為什麼業主說這裏是一個八百呎的單位間成四間？那麼每間套房應該有二百呎，為什麼我們的房間只有一百多呎？難道有一兩間是大一點的？但業主明明說每間也差不多大啊！」媽媽皺着眉說。

秀月也有過這個疑問，媽媽說房間的地磚每塊一呎平方，秀月數過房間裏一共只有一百三十四塊地磚，那該是只有一百三十多呎平方大吧！哪來二百呎呢？

「也許業主說的其實是建築面積，而不是實用面積，不然，除去進大門後那大約只有四十多呎窄窄的走廊，加上四間房也只有六百呎多點，何來八百呎呢？對了，一定是這樣，通常以七成實用率計算，八七五十六，五百六十呎實用就差不多了。」

秀月很少看到媽媽計數這麼認真，她被媽媽說的實用、建築面積弄得頭痛，她實在不明白兩者有什麼分別。

「既然我們的房間沒有二百呎，只有一百三十呎，那該不可以租六千元那麼貴呀！一定要叫業主『算便宜點』，『要有折』……」媽媽呢喃。

「算便宜點」，「要有折」是媽媽的口頭禪，但這次媽媽的謀算一定不會成功，因為他們已經搬進來三個月了，而且租約也早就簽好了。

一百三十呎的地方裏，有一個三呎乘四呎的洗手間，洗手間狹窄，洗澡時要坐在馬桶上淋浴。還有一個一呎半乘兩呎半的灶頭連瓷盆算是廚房，其實只夠放一個單頭石油氣爐或者電爐。

房間裏放了一張兩呎半乘六呎的兩格牀、寬兩呎乘三呎高六呎的衣櫃和小雪櫃之外，基本上就沒有其他地方，幾乎一進房間就要上牀，或者坐在牀沿，另一個人才可以走進去。

因為房間這麼小，所以秀月很希望擁有一間公仔屋，看着公仔屋裏的空間這麼寬闊、傢俱這麼漂亮，幻想自己住進裏面是多麼舒服，單是幻想已經可以讓秀月的心情好很多。

「其實，媽媽小時候也想擁有一間公仔屋。媽媽小時候住在板間房裏，比這裏的環境還要差，一百呎多點的地方住了一家五口，和鄰居只隔着一塊板，他們説話也聽得清楚。四家人共用一個洗手間、一個廚房，一天到晚都要爭，有時還會因為爭用廚房而吵架……。那時候媽媽住在旺角的上海街，幾條街之隔的彌敦道上有一間大大百貨公司，地方大得很，媽媽一放假就跟着鄰居阿好姐去逛逛，只是逛不用花錢的嘛！媽媽最常去的是三樓玩具部，我也看中了一間公仔屋，當然沒現在的這麼漂亮，只是簡簡單單的兩層樓房，在我的眼中卻像宮廷一樣漂亮。小公主的房間裏有漂亮的牀和衣櫃，還有一張粉紅色梳妝檯，我常常幻想可以坐在旁邊照照鏡子，灑灑香水……」

「那麼，為什麼媽媽不買一間呢？難道媽媽從來沒有過錢嗎？」秀月問。

「家裏一直窮，到媽媽中學畢業工作之後，稍為有過一點錢，但不久之後我就和你爸爸結婚了，結婚要用很多錢啊！你不會明白的，之後還得花上一兩年去還錢。四、五年之後，稍微有點積蓄了，你爸爸卻要跟我離婚，我一個人工作養你，積蓄又都花掉了。」

「不是有什麼贍養費的嗎？爸爸不該付我們贍養費嗎？」

「你爸哪裏有錢？他連養自己也很勉強，我也向他追討過兩次的，但他差點還掉過來向我借錢，以後我不敢再追他了。」媽媽猶有餘悸的樣子。

「媽媽，將來我中學畢業後工作賺到錢了，就給媽媽買公仔屋，嗯，要買兩間，我們一人一間。」秀月雙眼中有着夢想。

「秀月讀完中學要讀大學的，不要像媽媽一樣只讀到中學，要做售貨員受氣。再說，現在秀月還只是讀小六，該是媽媽買給你才對，可是媽媽賺錢不多，也許等媽媽下次發雙糧吧！哎……可是——秀月你看我們的家這麼小，又堆滿雜物，買了公仔屋往哪裏放？不能只放在包裝盒子中不拿出來呀！那樣買了也沒意思，一定要有足夠的地方讓它展示出來……」媽媽的雙眉皺得更緊了。

「是這樣嗎？我們的房間太小不夠放呀！」秀月的臉上滿是失望。

「對呀！空間不夠，也許等我們申請到公屋上了樓再買吧！到那時空間該寬闊點，可是，真的申請到的話，又得花錢裝修、買傢俱……」

秀月彷彿看到媽媽的臉上寫滿着各種煩惱，而且寫滿了整張臉上也寫不完。

秀月打開自家小套房的門透氣，望出去是其他三戶人的木門，這每間面積不足一百五十呎的「劏房」裏，除了傢俱、雜物之外，該也滿載着各種煩惱吧？

2.

秀月住的「劏房」一共劏了四個單位，由開門的第一個單位數起，她住的是第二個單位。

第一個單位住的是一位社工，他說青少年中心的人叫他「竺Sir」，秀月卻叫他「青年發聲」，至於他為什麼叫「青年發聲」？秀月連對媽媽也要賣關子，不肯為她解釋。

第三個單位住的是一對年輕男女，二人也不超過三十歲，是「九十後」，媽媽說他們該是同居男女，該是沒結婚的。

第四個單位住的是王伯，秀月最害怕他，只管叫他做「冇呃人」，這個渾名媽媽也知道原因，因為王伯的口頭禪是：「政府會呃人，但王伯冇呃人！」

先來說說第三間劏房的同居男女吧！秀月從隔壁傳來的噪音及牆壁震動的頻率計算，他們每天也會大吵架一次，而且不論早上、下午、深夜，每四、五天甚至會打一次架。大吵一頓或大打出手的原因不外乎兩個，其一，是首辦模型。

「叫過你千萬不要拆開我的模型的包裝盒的，拆了就不值錢了，你難道不知道嗎？」

「你是不是又拿我的星球大戰模型去賣了？怎的少了一個？拍賣網上的ＭＪ是你嗎？你賣了多少錢？你知道我是花多少錢買回來的嗎？」

「你的 Cosplay 服佔的地方夠多了吧！房間只有一百三十呎，你的兩個掛衣架就佔了五十呎！跟你說過多少次換下來的Cosplay服不要把我的模型壓在下面？你看看，這包裝盒子給壓扁了，你知道盒子變了形模型的價值會降了幾百塊嗎？」

這些吵架的話，秀月每天總聽上好幾遍，幾乎女的叫出一句，她就曉得男的會罵哪一句了。

至於他們吵架的第二個原因，那不難猜吧？是關於Cosplay服的。

「你把我的Cosplay服弄縐啦！你知道我熨了多久嗎？把這縐了一道摺痕的裙子穿出去怎見人？」

「誰說沒人看？我又不是為了穿出去給人看的，有多少人懂得欣賞？我自己喜歡，同伴懂欣賞就行了！」

「你說我這樣穿出去沒人看，有人看的話你又會說我去『收兵』的了，又會說我穿的裙子太短，讓『宅男』看得『眼金金』，『神又係你，鬼又係你』！」

「我的裙子有多貴，才不用你管！反正有一半房租是我交的，說好每人可以用一半地方放東西的，你有一個櫃子放首辦模型，我也有兩個衣架的地方掛 Cosplay 服，你就要這樣一厘米一公分的跟我計算嗎？」

他們吵架時的對話，當然不是這般文雅，秀月記述時省去了許多粗言穢語。媽媽說：粗口是時下九十後的共同語言，他們說得比「地盤佬」更流利。

除了粗言穢語之外，他們吵架時最常聽到的還有這兩句話——女的常說：「分手囉！」男的常說：「我要殺咗你！」

當這些話最初由隔壁傳來時，秀月都膽戰心驚的，最害怕的是一陣劇烈爭吵之後突然靜了，秀月常在網上看到情侶間爭執時用刀砍、潑腐蝕液體的報道，她很擔心這些事會發生在隔壁房間，更害怕會殃及池魚。

由於房間裏放滿了東西，活動空間不足，許多時同居男女打架會由劏房打到走廊上，甚至大門外。有好幾回，當秀月要去上課或跟媽媽外出，逼不得已要經過走廊時，媽媽會用身體擋格在秀月和同居男女之間，掩護着秀月走出去。

往後，秀月和媽媽對這種打架場景都習慣了，自從同居男女搬到這兒的大半年來，他們並沒有分手，也沒有誰被殺掉，反而，他們親暱的場面也沒令秀月舒服多少。

他倆打架時，媽媽會用身體掩護秀月出外，也有許多回，媽媽一推開他們的劏房單位大門，便馬上用手掩着秀月的雙眼，這時，秀月知道，同居男女又在走廊和大門前親熱了。

秀月怎樣想也不明白，他們為什麼不回自己的房間裏親熱呢？媽媽答：九十後就是這麼任性和隨心的了！

「同居男女」這雙鄰居令秀月既害怕又尷尬，那麼，他們是否就是秀月最討厭的鄰居呢？答案是否定的。

3.

秀月最討厭的，是住在走廊盡頭那間劏房的王伯。

王伯最喜歡罵政府，每天早上七時開始，他就會把收音機的聲音調至最大，邊聽電台的時事節目邊大嚷：「政府呃人，這個政府最喜歡呃人！」

無論新聞報道是關乎什麼，他的結論都是「政府呃人」，如果那是國際新聞，他的結論會是「外國政府都係呃人！」

王伯早上開大收音機聲量聽新聞節目，下午聽粵曲，都是打開了自家劏房的門的，造成的噪音真是無遠弗屆，由他隔壁的房間到最近大門口的房間的住客都被吵得心浮氣燥。

晚上王伯總算會關上門，不再那麼滋擾鄰居，他大概在裏面看電視節目或電影，有幾回，秀月和媽媽外出時，聽到從王伯家門傳出來的聲音，那是電影中的女角的呼叫聲，不停地叫。這時，媽媽會掩着秀月的耳朵，拉她一起急急步出大門。

秀月問媽媽：「為什麼王伯看的電影都總有女子的聲音在呼叫？」

媽媽紅着臉答：「不要問了；王伯不是好人，以後開門聽見他的房間傳出這些聲音，或者看到他要開門出來時，就趕緊跑回家鎖上門，知道嗎？」

在媽媽眼中，王伯也許是個危險人物，走近他會發生可怕的事，可是，有一回，卻是因為媽媽而令秀月走近這危險人物，引發可怕的事。

媽媽在工作上常常遇上不愉快事件，她在推銷流動電話服務時，常受到客人不禮貌的對待，上司給她的壓力也很大，她要不停地「跑數」。至於跑什麼數？什麼是「跑數」，秀月都完全不明白，她只知道媽媽每次談及上司，談到跑數時，心情都會不好，有時會發脾氣，把壞情緒發洩到秀月身上。

秀月的學業成績不算好，有兩三科的測驗常徘徊在及格邊緣。媽媽心情好的時候，會勉勵她；心情不大好時，會說她幾句，只是，有一次，媽媽卻大發雷霆，令秀月明白到在小說中看到形容一個人情緒崩潰、失控的那四個字——歇斯底里的意思。

「白天裏我的上司『M字額』用什麼quota、這個月的銷售數字來折磨我，夜裏我以為可以好好休息、緩半口氣，你卻又要用你的這些爛成績的分數來折磨我呀？拿這些成績，你不羞呀？媽媽是多麼辛苦賺錢回來呀！」

秀月看到媽媽的臉色一會紅、一會藍、一會紫、一會綠的，像農曆新年時看見過的走馬燈，又像在旺角常看見的變色招牌，那該顯示着媽媽的情緒變化、變幻莫測吧！

「我不要看到你，你給我滾！讓我靜一下。如果不是帶着你，我一早辭職不幹了，像以前，去旅行散心也可以，和幾個朋友去唱K劈酒減壓也可以……你走，你出去……」

媽媽說時粗暴地把秀月往房門外推，秀月死命的扶着門邊，媽媽卻不知哪裏來的神力，雙手幾乎是把秀月整個人提起推出去的。

秀月感到有點莫名其妙，她這次的測驗成績不是特別差，只是一貫的差吧了，媽媽為什麼惱成這樣？

把秀月推出去之後，媽媽把房門砰一聲關上了，然後，秀月聽到房間裏傳出嘈吵的音樂聲，是謝安琪的歌聲，媽媽每次心情不好就聽她的歌。

媽媽把音樂的聲音調到很大，劏房的房門只是薄薄的木門，門隙又大，雖然秀月站在門外，但仍被嘈吵的樂聲弄得心煩意亂。

也許走近走廊盡頭可以稍微遠離這聒噪的樂音吧！秀月挪開腳步，一步一步往走廊的深處走。

走廊裏面的燈很暗，秀月不知不覺地走到了王伯的門口，門後面傳出女人的輕呼聲，那是電視機的聲音？女人咿咿哦哦的叫，聽得秀月毛管直豎。

她後悔了，想往回走時，王伯的房門開了。

「咦，秀月，怎麼站在我的房門外？」王伯裸着上身，只穿着短褲打開房門，在炎熱的天氣裏王伯常是這樣不穿上衣的。

秀月不由自主的退後了幾步，囁嚅着說：「……媽媽……趕了我出來……」

「那真可憐啊！沒事的，女人的脾氣我很清楚，我之前那死鬼老婆也是這樣的，一個半個鐘頭後她的火氣下了就沒事的。小妹妹，相信我吧！政府會呃人，但我王伯從不呃人。進來王伯這兒坐坐吧！坐一會，看看電影……」

「看……電影？」秀月不敢細想，卻不知怎的問了這樣的問題。

「對呀！王伯收藏了許多好電影，舊是舊一點兒，但都是頂好的貨色！那些電影的女主角呀！……咳……都是美艷不可方物的尤物。來吧！進來……」

王伯說着，伸出手來拉秀月的右手，秀月掙扎着要把手搶回去。

「別害怕啊！香港政府會呃人，但我不會呃人，電影包管好看的，好看得你也會叫出來，也會叫好，叫我不要停了它哩！」

秀月愈聽愈害怕，怕得想大叫，幸好這時，大門外響起了鐵閘的聲音，然後，大門開了，是住在第一間房的「竺Sir」回來了。

「竺Sir！」秀月大叫。

「啊！秀月，你站在這裏幹什麼？」竺Sir拿着鑰匙問。

「她被媽媽趕出來了，我讓她到我的房間來看齣好電影，待她媽媽的氣下了再回去。」王伯向竺Sir解釋。

竺Sir看了看秀月，秀月不住搖頭，竺Sir會意了，禮貌地對王伯說：

「你喜歡看的電影秀月年紀太小不適合看的，感謝你了，王伯，這事讓我來處理吧！」

「對啦！竺Sir你是專業社工，這些青少年問題、家庭問題你最擅長的了。」王伯正說時，他的房間內又響起女性的叫聲，「你來處理吧！我的女主角呼喚我回去了。」

王伯向竺Sir揚一揚手，就回房間去，關上了房門。

竺Sir對秀月說：「秀月被嚇着了吧！不要緊的，讓竺Sir來處理。你心裏有什麼話想跟竺Sir說的呀？青少年……」

「青少年一定要自由發聲，把心裏的話説出來！」沒等竺Sir說完，秀月就搶着說。

秀月記起一個月前在電視新聞中，竺Sir接受記者訪問時，就是說這句話，給她留下了深刻的印象。

看到秀月還會跟自己說着玩，竺Sir放心了一點。

竺Sir帶着秀月回到她的劏房門口叩門，裏面仍傳出震天價響的音樂聲，好不容易等到一曲播完，另一曲未響起之際，竺Sir拚命大力叩門。

「我不要你回來，你就在外面站一晚吧！」門內傳出這一聲吼叫。

「李太，我是竺Sir，請你開門……」

秀月忙要阻止他，但已來不及。媽媽不是李太，她最討厭別人叫她X太，叫她「小姐」或「靚女」、「妹妹」也行，如果以為她只是秀月的姐姐，稱她「李小姐」，她就更喜歡了。

「李……李小姐，我是住在頭房的竺Sir，請你開開門……。」竺Sir揚聲叫。

良久，門終於開了。

「李……李小姐，對待孩子這樣是不行的，不能一直讓她站在走廊，萬一她開門跑到街上就更危險了。我知道你在生活上遇上不少困難，你可以對我說的，也許我和我的社工同事可以幫上忙的。」

竺Sir說得誠懇，媽媽有點軟化了，她讓開一點擋在門邊的身子，讓秀月和竺Sir

進內。

這夜，媽媽跟竺Sir談了許多，聽過竺Sir說他從前讀過什麼心理輔導的，也許真的有用吧！

秀月拿出書本來偽裝在溫習，卻一直偷眼望媽媽和竺Sir，她沒留心聽他們在說什麼，卻看着他倆心裏想：也許家裏有父母的感覺就是這樣的吧！雖然竺Sir的外貌比媽媽年輕一點，可是網上的新聞不是常報道什麼「姐弟戀」嗎？怎麼不行呢？然而，她馬上又想到網上的報道多是說什麼「姐弟戀情釀血案」的，想到這裏，秀月吐了吐舌頭。

4.

秀月沒有想過，成語書中「因禍得福」的情節竟發生在自己的家。那天之後，媽媽下班後對她說：「我們買一間公仔屋吧！」

秀月把眼睛瞪得老大，不能置信地看着媽媽。

「總要做點自己喜歡的事情，讓自己高興一下。一直以為儲點錢讓將來申請到公屋用來裝修、買傢俬用的，可是聽同事說現在已經不是等三、四年就一定能『上樓』的。現實生活不能達到的夢想，放間『公仔屋』在房間裏看着做做夢也是好的。已經只可以做夢了，如果連做夢也不可以就太可憐了，而且那是秀月和媽媽兩個人的夢，買一樣東西回來，裏面同時有兩個人的夢想，不是很划算嗎？」媽媽說的時候，眼睛眨呀眨的，像兩顆閃亮的小星星。

「可是……可是……我們這房間中有地方放嗎？」秀月對這突如其來的好消息半信半疑。

「那個……那個嘛！也許租個迷你倉放點雜物，但聽說租迷你倉最少的也要一千元租金……那麼……也許，我們把換季的衣服、你的冬季校褸……對啦對啦！聽同事說過把衣服、棉被放在特製的袋子中抽真空，就能把一大堆衣服、棉皮變成扁扁的，很省地方……我明天回公司問問人……」

「那麼我們到崇光百貨公司買？」

「我們到那裏看看，然後……深水埗有一條『玩具街』叫福榮街，那裏有許多玩具批發店。深水埗的小店嘛，該能給點折扣，算便宜點的。」

「那麼我們什麼時候去買？」

「等我下個月發薪吧！」

「不，不可以這麼容易就得到夢想的東西，」秀月苦苦思量後，煞有介事地說，「這樣吧！媽媽，一定要讓我的考試成績進步了，或者測驗拿個九十分以上，或者在學校裏得了什麼獎，你買來當作給我獎勵才行！」

秀月總以為多付出點努力，或者得到得艱難一點，才能讓自己相信那夢想會成真，才能讓夢想成真的喜悅提高一點。

「那好吧！那麼秀月由今天開始就要加倍努力，快點拿到最好的成績，別讓媽媽等太久，否則媽媽可能會改變主意啊！再等一會兒，如果到時遇上淡季大減價就好了，那時可以再算便宜一點兒……」

每次媽媽談起有折扣、算便宜一點兒，嘴角總會泛起天真的笑容，眼睛也眯起來彷彿會笑的樣子，秀月挺喜歡媽媽這笑容。

由這天開始，秀月做了幾次關於買公仔屋的美夢。有一個夢，是秀月考全級第一，站到學校禮堂的頒獎台上，頒獎給她的本是校長，但一下子校長竟變成媽媽，她手上的獎狀也變成了公仔屋！

有一個夢，是她得到了傑出學生獎，頒獎禮上，竟見到穿了公主服的媽媽出現，牽着她的手走進變大了幾十倍、像皇宮一樣的公仔屋，而秀月自己身上的衣服也變成了公主服，太漂亮了！

然而，一陣猛烈的叩門聲驚醒了她的夢。

「快醒來，快逃命啊！秀月、秀月媽媽！」竺Sir的聲音從門外傳來。

媽媽也醒來了，她朝門外大叫，問：「竺Sir，這麼晚了什麼事呀！」

「火燭了，你們快逃命呀！濃煙都湧進來了！」竺Sir大喊。

媽媽大驚，慌忙拿了身分證和電話，還拿了點錢，就拉秀月往外跑。這時，聽到竺Sir在大力叩同居男女的門，然後又去叩王伯的門。

「竺Sir，你也快逃呀！」媽媽邊打開鐵閘邊回頭叫嚷。

「你們快逃，我還要跑上樓幫香婆婆，她的腳不方便，一個人逃不了的。」竺Sir答。

「那你也要小心點啊！」媽媽説完，拉着秀月跑向樓梯。

他們這才發現樓梯的燈滅了，梯間都是濃煙，而且梯間有其他住戶放的鞋架、單車、紙皮箱等雜物，真是寸步難行。

這時，住在樓上的人也衝下來了，人人不顧一切的往下跑，差點把秀月母女二人推跌。

幸而這時又聽到竺Sir的聲音：「你們用我這電話照明吧！」

靠着竺 Sir 電話的強光，秀月總算看到一點前路。

「對了，我也有電話，一時情急竟忘了，你還要上六樓，一定要有照明的，你留着自己用吧！」媽媽說。

「我們也開了電話，我們一起走。」身後傳來「同居女」的聲音。

「竺 Sir，我和你一起上去，看看有什麼可幫忙的！」「同居男」說。

「好的，快！」竺 Sir 說。

當秀月母女倆和「同居女」想往下逃時，卻有人從樓梯下跑上來，邊跑邊嚷：

「下面煙太大了，也有火光，還是向上跑吧！」

「怎麼辦呢？向下還是向上？」媽媽六神無主。

「我們住五樓，這唐樓共有九層，本來住高層的該跑向天台，住低層的該跑到街上，我們剛好住五樓，如何是好？」後面傳來王伯上氣不接下氣的聲音。

「再討論就走不及了。」「同居女」嚷。

「可是這決定性命攸關呀！」媽媽大叫。

就在他們拿不定主意時，他們看到黑暗中出現了竺Sir的身影，眾人彷彿看到超人、救星一樣。

只見竺Sir背着香婆婆，手裏拿着幾條濕毛巾，遞給秀月他們，說：「快用濕毛巾掩住口鼻往下逃吧！天台的鐵門給人鎖上了！」

大夥兒平安逃到街上，看到冒出濃煙和火光的唐樓，都大呼好彩。

據說是花園街上有人縱火燒了幾個排檔，火乘風勢，很快就從簷蓬燒到二、三樓。

「謝謝，謝謝你！」香婆婆和兒子向竺 Sir 道謝。

「真的幸好竺 Sir 你救了我們。」媽媽也說。

「竺 Sir 你真是我們的大恩人呀！否則在這夜裏我睡得死豬似的，怎會知道發生火警，一定會變燒豬哩！到時消防員也救不了我。政府會呃人，我王伯可不會呃人，『竺 Sir』你真是超人呀！」王伯神情誇張的說。

「聽說還有人在裏面，但消防員說太危險不讓我進去了，希望他們沒事吧！」竺Sir看着火光和黑煙，一臉擔憂的說。

「你只是社工不是消防員，救人的事還是留給消防員吧！」媽媽說。

「對啊！我是社工，我要問問大家有什麼需要，今晚我們一定回不去了，我要儘快聯絡社署幫忙！」竺Sir說完，一支箭似的跑開了。

秀月環視四周，只見「同居男女」緊緊地擁在一起，同居女說：「你的星戰和星矢首辦模型，一定逃不了大火哩！」

同居男說：「你的美少女戰士Cosplay服就算不被燒掉，也一定被煙熏黑了或被水浸壞了。」

「現在，我覺得這一切都不要緊了。」同居女說。

「對呀！原來只有你最重要，其他的一切都可以失去，唯有你不可以失去。」同居男說着，把同居女擁得更緊了。

「你們失去的不重要，我失去的可重要呀！你們那些首辦模型、服裝沒有了可以買回，我的電影菲林膠片可是買不回來的，全部都是經典電影，全部都是我親手剪接的。中聯電影公司的這幾部片子，白燕主演的《慈母淚》、《夜半歌聲》，我每晚都要看幾回才睡得着。特別是《夜半歌聲》呀！女主角的驚叫聲多麼震撼，她的每一個表情和反應，我剪接得多麼緊湊！沒有了，現在都沒有了，我每晚都要看過才睡得着的，以後我一定晚晚睡不合眼了。」王伯長嗟短歎。

「什麼？你每晚看的是經典粵語長片？那怪叫的是《夜半歌聲》的女主角，不是什麼AV……」媽媽呢喃。

「你說什麼呀！我有邀請你和秀月來我的房間裏看的。別小看我住的小劏房，裏面放映電影和音響的設備倒是挺齊全的，我從前可是挺有名的『剪片』呀！」王伯喋喋不休。

「剪片？」媽媽不解。

「是電影的剪接！」同居男接口。

「哦！」媽媽恍然大悟似的。

「媽媽，」秀月拍拍媽媽的背說：「幸好我們還沒有買公仔屋，否則燒掉了就糟透了。」

「秀月，不能這樣說的，有鄰居還在災場裏生死未卜，不能說『幸好我們怎樣』！一間公仔屋算得什麼？火災牽涉的可是人命呀！那是被珍愛的家人的生命啊！」媽媽正色地對秀月說。

秀月吐了吐舌頭，不敢再說話了。

5.

之後，秀月、媽媽和其他鄰居被安排暫時入住石籬的中轉屋，竺Sir卻沒有搬去，他搬回父母的家去了。

一天，媽媽告訴秀月：「竺Sir想找你幫忙。」

竺Sir找我幫忙？秀月想起，竺Sir這陣子成了大忙人，也常在網絡新聞上見到他。因為他是大學畢業生、是社工但卻要住劏房，又因為住劏房而成了火災災民，記者對他的故事很感興趣。他因而成了好幾篇新聞稿的主角，也儼然成了「劏房受害者」的代言人。

「我有什麼可以幫忙竺Sir的？我只是個小學生！」

「竺Sir說你中文科成績最好，又喜歡寫作，而且參加過學校的小記者訓練班，所以找你幫忙。」

「找我當小記者訪問他？他這陣子接受的訪問還不夠多嗎？」

「你問問他吧！我哪知道啊！反正你已經考完試了，竺Sir之前幫過我們那麼多，你就幫幫他又有何不可？」

秀月打了電話給竺Sir，竺Sir這樣說：

「秀月呀，我想寫一本書，要找你幫忙。」

「寫一本書？」

「一本關於花園街唐樓劏房大火災的書……」

「那不是關於我們自己的嗎？」

「是訪問我們從前住的花園街唐樓劏房的每一戶鄰居，將訪問編成書出版，讓社會上的人知道『劏房』問題的嚴重。業主間劏房時妄顧安全，更連天台也僭建了劏房單位，且鎖上了天台的大閘，令發生火災時住客逃生困難……這其中有許多屋宇結構、消防等問題，需要我們揭發、反省啊！」

「我們要發聲，是嗎？」

「不只要發聲，還要控訴，趁着現在還有些記者對我們的故事有興趣，趕快出版這本書。」

「那麼我可以怎樣幫忙？」

「我訪問時你幫忙記錄，邊聽邊記，有困難的話，就把訪問錄下來慢慢聽才記下。」

「可是有許多字詞我不會寫。」

「放心吧！我的女朋友也會幫手，她會教你的，只要不妨礙你學習就好。」

女朋友？原來竺 Sir 已經有女朋友！那他不就不會成為自己的新爸爸了？他也不會和媽媽發展什麼「姐弟戀」了。

秀月難掩失望之情，卻應承了竺 Sir 去幫忙，媽媽不是一直說竺 Sir 是他倆的救命恩人嗎？

在之後聖誕、新年和農曆新年假中，除了做假期功課，秀月就是跟竺 Sir 去探訪。訪問的都是從前在花園街劏房的鄰居，六樓的香婆婆、八樓的康叔一家，二樓的排檔老闆孫老闆……其中最教她難忘的是訪問李先生一家，因為他的大女兒在火災中喪生了。他的大女兒是一個中學生，在火災中為了保護妹妹，自己來不及逃生，又在濃煙中迷了路，不幸罹難了。

那次訪問中，李先生想起女兒幾度哽咽，竺 Sir 聽時眼眶也紅了，秀月在記下這些話時，執筆的手一直在顫抖，抖得幾乎拿不穩筆桿。

從李先生家裏出來時，竺 Sir 對秀月說：

「秀月，你明白了嗎？這就是我要出版這本訪問集的原因了。」

秀月一臉狐疑，問：「為什麼呢？那位姐姐已經回不來了，記下這一切又有什麼用？」

「記下這些教訓——血的教訓，以後就要避免重蹈覆轍，讓政府有關方面多重視劏房的安全問題、消防問題，喚起劏房的業主們的良心，不再唯利是圖，為了多間一間劏房而堵塞走火通道，為了省一點裝修費而粗製濫造，草菅人命！」竺 Sir 愈說愈氣憤。

「重蹈覆轍」這四字詞，秀月在學校裏的中文科老師口中聽説過，明白這詞語的意思，可是，唯利是圖、粗製濫造、草菅人命又是什麼意思呢？秀月一點頭緒也沒有。

看到秀月頭上滿是問號，竺 Sir 不好意思地笑着説：

「對不起啊，秀月，因為我的女朋友是讀中文系的，又在中學教中文，我聽她說多了也用起四字詞來。這些用詞的意思你向她請教一下吧！有她指導，你的中文水平一定大進，說不定可以成為一個好記者、大作家！」

秀月聽了皺了皺眉，一會回到家裏又要處理這些訪問資料了，幸好竺Sir的女朋友志玲姐姐真的很用心教導她，秀月常把已經整理好的訪問稿給她改，她很用心地指正秀月。

6.

那應該是竺Sir的精心安排，秀月最後訪問的兩戶人家是「同居男女」和王伯。

「同居男女」已搬了去另一間劏房居住，那裏不是唐樓，是有電梯的，設備和裝修也比花園街那舊唐樓好多了，當然租金也貴多了。

「同居女」姐姐不再自己買、自己造 Cosplay 服了，現在都是去租來穿；「同居男」哥哥也減少了買首辦模型，他現在在一間模型店舖當店長。因此，他們的支出少了，可以租好一點的地方住。

訪問之後，「同居女」姐姐還帶秀月去參加他們的 Cosplay 表演活動，更悄悄告訴秀月，她和「同居男」哥哥快要結婚了。

秀月聽了這消息，開心之餘又有點煩惱——他倆要結婚了，之後不再是「同居男」哥哥、「同居女」姐姐了，之後和媽媽談起他倆時，要怎樣稱呼他們呢？

最後訪問的是王伯，他和秀月一樣住進了石籬中轉屋，就住在她樓上幾層。

在訪問之後，秀月終於和竺 Sir 一起看了那齣叫《夜半歌聲》的電影。王伯最珍愛的幾齣電影的母帶竟沒在大火中燒毀，這令他高興得哭了幾回。

「不是說過嗎？王伯不會呃人，這電影真好看對不對？這些男女主角的演技精湛，現在再找不到這種演員了。」

「我這個拿綜援的老人家就只有能力租劏房了，但火災後政府有關方面承諾會安排我『上樓』的，現在新建的公屋設備很好、很漂亮呀！希望這次政府不會呃人吧！」

做完這個訪問，秀月如釋重負地舒了一口大氣，跟王伯道別後，竺 Sir 對她說：

「好了，秀月，我們現在去做最後一個訪問吧！」

「什麼？王伯不是最後一個嗎？怎還有最後一個訪問？」秀月不能置信。

但竺 Sir 沒理會她，帶着她跑下三層樓，直奔到她的家門口。

「最後的受訪住戶就是你們了，你們母女倆不也是花園街唐樓的『劏房戶』嗎？」

竺 Sir 說時，媽媽已開了門。媽媽今天換上了新衣，她似乎已經知道今天會接受訪問，竺 Sir 會給她拍照。

一個月後，花園街唐樓劏房戶的訪問集完成了，在這本書的新書發佈記者會舉行的一星期前，秀月和媽媽、竺 Sir、王伯和同居男女再次聚首，地點是旺角花園街圖書館的活動室。

大火後，秀月將竺 Sir 幫助鄰居的事寫了下來，參加了中央圖書館名為「一件好人好事」的徵文比賽，得到了小學組的季軍。

竺 Sir、王伯、同居男女也專誠來看頒獎禮，和秀月拍了合照才離開。捧着獎座的秀月笑得合不攏咀，化了點淡裝的媽媽的笑容更燦爛了。

「秀月，媽媽真高興，我要買一組最漂亮的公仔屋給你做獎勵，這比考試默書拿 100 分都要好啊！」媽媽對秀月說。

「媽媽，我得到了一千五百元獎金，我也要買一間公仔屋給你！」

「為什麼？為什麼要兩間這麼多？雖然我們搬進的新公屋的房子大了，可以放得下，但也不用買兩間公仔屋吧？」

「因為鄰居很重要呀！因為有好鄰居，我們才大難不死；因為有好鄰居，我才寫了這篇文章參加這個比賽，所以要買兩間公仔屋！讓公仔屋的住客也有鄰居！」

「好的，好的，我們一會就去買兩間公仔屋。」媽媽拍掌附和。

7.

秀月媽媽記得小時候鄰居阿好姐每月放假那天，就會帶着她到大大百貨公司。

阿好姐是秀月的婆婆在酒樓工作的工友，也是他們的鄰居，是她介紹秀月媽媽一家租住那裏的。

阿好姐和秀月的婆婆，都是酒樓的洗碗女工，每月只有兩天假期，其中一天，秀月的婆婆會和朋友去看電影，另一天，重男輕女的她卻只會帶兒子去公園玩，卻不會帶女兒去。

只有無兒無女的阿好姐每次放假都會帶秀月媽媽去逛百貨公司。

秀月媽媽小時候第一次在大大百貨公司二樓的玩具部看到芭比公仔屋，那粉紅色牆身、紫色屋頂像皇宮一樣的屋子，簡直如夢如幻，卻又若即若離，這昂貴的公仔屋她可以用手去觸摸，可是，她想自己一輩子也不會買得起，只有羨慕的份兒。

每一次，她在這兒看完芭比公仔屋，回去也會做自己化身成為芭比公主、住在皇宮中養尊處優的美夢。

不只公仔屋吸引，公仔屋裏粉紅色的小衣櫥、紫色的梳裝檯，也會勾起她化身成小公主的想法，而她的母后——她的媽媽在為她梳理美麗的辮子髮型。

自己有朝一日會有錢買公仔屋嗎？她想也不敢想。阿好姐逛完百貨公司，還會去街市買菜回家做晚飯。慳儉的阿好姐最愛跟小販講價。「計便宜些啦！給點折扣啦！零頭的毫子不要計了吧！」這是她最常說的話。每次逛完大大百貨公司、看完公仔屋，看到秀月媽媽一臉失落的表情，阿好姐會安慰她說：「只要你節儉些、勤力些，省下多點錢儲蓄起來，將來一定可以夠錢買這些公仔屋的，到時你就對售貨員小姐說：『計便宜些啦！給點折扣啦！我從小時候已經渴望買這公仔屋的了……』」

年幼的秀月媽媽聽到阿好姐這樣說，臉上泛起了甜美的笑容，小腦袋裏憧憬着長大後擁有自己的房間，房間裏放了一間、兩間、三間美輪美奐的芭比公仔屋……

* * *

從回憶中回到現實，媽媽笑着對秀月說：「的確，鄰居很重要呀！」

大大百貨公司於 1974 年 4 月成立，由商人楊撫生創辦，其總店設於旺角彌敦道 760 號東海大廈基座，鄰近彌敦道與太子道交界，即今日聯合廣場所在地。當時在香港首創逢星期日全店所有貨品八折優惠，吸引不少顧客在星期日往購物。

大大百貨公司在 1980 年代初期不斷擴充規模，除旺角彌敦道總店外，全盛時期在荃灣眾安街、香港仔華富村及北角城市花園等地設有共七間分店。當時，集團旗下亦開設大元公司及大人公司，大元公司在旺角彌敦道、觀塘康寧道及北角英皇道設有分店。

大大百貨公司在旺角彌敦道與太子道交界的總店，於 1974 年 6 月 9 日開業。總店內設兒童樂園，設有碰碰車等設施；頂層設有「特價部」，以特價銷售包裝損毀或缺件次貨；其玩具部則設有一個模型火車場景，在當時的香港十分罕有。

1982 年香港前途問題令香港的地產及股票市場受到衝擊，大大百貨公司亦受到影響，1986 年 3 月 12 日，大大公司停止營業。結業後，總店原址被改裝成商場，並易名為聯合廣場。

大大公司
Da Da

志玲踏進了國貨公司的時光隧道

1.

志玲看了看錶——中午十二時三十二分，距離國海下班的時間還有個多小時，於是，她信步向彌敦道方向走，在附近蹓躂，消磨時間。

由彌敦道走向佐敦道，志玲的腳步在裕華國貨公司停下，打算進去逛逛。這間國貨公司連地庫共有六層，消磨一兩小時完全不是難事。

這間國貨公司由志玲小時至今二十多年，裝飾或各層樓賣什麼等雖然有變，但具體規模及貨品特色仍是差不多。

步進，地下近入口處是賣藥材、成藥、護膚品的地方，志玲看着護膚品的專櫃，嗅着濃濃的藥材氣味，再把一盒成藥拿在手上時，彷彿聽到母親沓遠的聲音，她的雙腳，恍似踏進了時光隧道。

＊　＊　＊

「芭蕾珍珠膏，產自南京的國貨老品牌了。志玲，別小看了國貨，南京芭蕾從前在上海、南京甚至全國都是響噹噹的牌子。比較起來，迷奇、大寶這些品牌是後起之秀了。」

「你要嫌棄媽媽的雙手太粗糙了吧？用這雙手去摸你的臉你可會躲開哩！」母親的眉頭蹙了一下，聲音也變得低沉，「誰想這樣呢？媽媽每天要洗上千個碗碟，那些煮沸了的水、那些強力清潔劑、那些碗碟上既油膩、骯髒又惡心的污漬，不只壞了媽媽的手，簡直會要了媽媽的命……」

志玲看了看母親那雙像生起了一塊塊鱗片的手，上面已幾乎看不出掌紋、指紋了。她偷偷瞄了瞄自己的雙手，吐了吐舌頭。

母親在酒樓當洗碗女工，一天洗上千碗碟。雖然她很討厭洗碗碟，但回到家裏，大部分時間碗碟還是由她來洗，因為她不想兩個女兒像自己一樣有粗糙的雙手。

「芭蕾珍珠膏，那是你的外婆經常搽又拿給我搽的，在從前可是上海閨秀們常用的護膚品啊！志玲，媽媽可不是一生下來就貧窮、天生要當個洗碗碟工人的，外公外婆也曾把媽媽看成掌上明珠，捧在掌心中養大的，只是家道中落，來到香港，便變成一窮二白了。」母親陷於美好的回憶中，像夢囈般呢喃，這種呢喃，慢慢變成了噩夢的夢魘。

「搽了這種珍珠膏，皮膚真的會變得很白嗎？那又不見得，但這就是媽媽僅僅能負擔得起的奢侈了。相比起什麼玉蘭油、SK II，這些國貨名牌還是便宜很多吧！嗅到這種珍珠膏的氣味，就像嗅到外婆的氣味。」

買完珍珠膏，母親還會順道買一些首烏、當歸回去煲湯，志玲和姐姐志怡也很討厭煲首烏、當歸的氣味，幸而媽媽只負擔得起一年來這裏購物兩次，買一次藥材只足夠煲幾次湯水，志玲和姐姐才不用經常忍受這種氣味。

「媽媽的白頭髮又多了，工友説煲首烏最好，我好像還有點貧血，蹲下洗碗久了站起來常會暈眩，喝當歸湯就最適合了。媽媽知道你和姐姐最害怕當歸的氣味，那就多嗅嗅這珍珠膏的氣味中和一下吧！」

母親説着促狹的把沾了珍珠膏的手遞到志玲的鼻前，志玲連忙躲開了。當時，對她來説，煲當歸的氣味固然不可耐，珍珠膏的氣味也好不了多少，那是代表庸俗和過時的氣味。

此刻，志玲卻拿起一瓶珍珠膏，旋開了瓶蓋將鼻子湊近，嗯，那是久違了的氣味，是母親的氣味。

2.

志玲踏上扶手電梯，越過售賣男裝、女裝、童裝及家庭電器的樓層，直接到了五樓的文具部、文化用品部，她在中學生年代，最喜歡在這一層流連。

套用現在流行的潮語，她當時是「被流連」的。

「這樣的男人，拿掃帚掃到垃圾鏟中有一大堆哩！」母親邊掃地邊說。

「在工廠做個小管工，其貌不揚，身材不高，又已經近三十歲了，他還會有什麼前途？這種條件的男人，我在年輕時連眼尾也不會瞄一眼。志怡，你還年輕，選擇多的是，和這樣的男人在一起有什麼前途呢？媽媽不就是失敗例子嗎？嫁了不負責任的男人，見我連生兩個女兒沒給她生兒子，就拋妻棄女跑到大陸找其他女人。我的遭遇還不夠慘嗎？你要重蹈媽媽的覆轍嗎？」

母親說得七情上面，沒留意到志怡在她說到「連眼尾也不會瞄一眼……」時，就已經打開門離家跑出去了，獨留下志玲在一旁聽她嘮叨。志怡聽了母親的頭幾句話已惱怒得聽不下去，連志玲聽了也感到憤慨。志玲見過志怡的男友振邦兩三次，他是一個忠誠、體貼的人，母親的話太傷人了！

母親在嘮叨、抱怨之餘，還要棒打鴛鴦不讓志怡和振邦繼續交往，志怡只好暗渡陳倉，每次和振邦約會也找志玲做掩護，對母親謊稱和志玲去騎單車、划艇、看電影去瞞過她。

志玲記得姐姐和振邦去沙田騎單車時，他倆丟下不懂騎單車的她獨自和單車奮戰；去西貢划艇時，丟下不懂划艇的她令她幾乎翻艇淹死……在志玲的多番抗議下，志怡妥協在油麻地附近放下她，約會完再在裕華國貨公司會合她一同回家。

他們每次約會都花上大半天，志玲當時讀中一，在龍蛇混雜的油麻地區不敢隨處亂跑，她通常先到油麻地圖書館看書、做功課，之後再到裕華國貨公司流連。

五樓的文具部、文化用品部有各式中樂樂器：古箏、琵琶、揚琴、鼓、口琴……；各式文房用品：字帖、宣紙、毛筆、筆筒、筆座、墨條、紙鎮等。志玲最愛中國語文科，喜歡中國文化，雖然她不懂書法，但喜歡翻字帖，會儲錢買鐫刻了古人詩句的黃銅紙鎮，每次她都在這裏流連忘返。

搬了幾次家，之前收藏的字帖、墨條、紙鎮都已丟失，此刻，她翻開一本《曹全碑字帖》，在墨香中細意回味。

3.

志玲從五樓乘升降機到地庫，比較乘電梯要穿過一層一層下去，乘升降機無疑快多了、直捷多了。

地庫是超級市場，售賣產自國內的糧油食品，罐頭午餐肉、回鍋肉、五香肉丁、炸菜豬肉……，這些罐頭食品，是志玲整個高中階段的晚餐主菜。

「志玲，快要考試了，學業要緊，不用常常來探媽媽了，媽媽很快會出院回家的。」母親在住院初期，常是這樣對志玲說的。

「志玲，你要多點來看媽媽，媽媽時日無多了，不知哪天你來了也見不着了……」在住院後期，母親有氣無力地這樣對志玲說。

「志怡，你要照顧妹妹，你不愛讀書中學畢業就找工作了，可是妹妹是可以讀上去的，讓她讀完大學，可以找好一點的工作，不用像媽媽工作這麼辛苦去討生活。媽媽不能再為志玲供書教學了，你作為姐姐，要幫助妹妹。」母親離世前十天這樣交帶志怡。

在叫志怡寫下自己所有的遺物及身後事怎樣料理後，母親語重心長地對志怡說：「你之後跟誰在一起，甚至和誰結婚，媽媽已管不到，但你要應承媽媽，就算結了婚也要讓志玲和你一起住，至少直到她中學畢業、大學畢業……。我們親戚不多，沒有誰可以代媽媽照顧她，可以指望的只有你。媽媽求你了，千萬不可以讓妹妹孤苦伶仃，像個孤兒似的。過時過節，不可以讓她一個人過，至少兩姊妹要一起吃飯，就算你將來結了婚也不能只顧夫家的人、夫家的事……」

母親說的時候，兩行淚珠從她的臉上淌下，志怡流着淚不住點頭，志玲在旁邊低頭無語，她感到母親交託給姐姐太多「照顧妹妹」的責任了，姐姐只比她大五年，還只是個大孩子。

母親身故之後，志怡聯絡到只見過一兩次面的表姨母幫忙辦喪事；三、四個月之後，志怡又找這位表姨母幫忙操辦她的婚事。

「志玲，我結婚之後不能再租現在住的地方了，我也不夠錢付這裏的租金，我們會搬到新居去住。」

不久，志怡帶志玲到她新租到的地方，那是一間只有一百三十呎的劏房，看到房間中放着的一張雙人牀和牀上鋪上繡上喜字的紅色被褥，志玲才明白到姐姐口中「我們會搬到新居去住」的「我們」，是指她自己和振邦，並不包括志玲。

至於志玲，則被安排到表姨母家中去住。

「表哥、表姐都已長大成人，表姨母家中再不需要菲傭，原本菲傭住的房間空了出來。雖說是菲傭住的房間，但也不算細小，足有我們那間劏房的一半面積，而且是磚間的梗房，不是板間房。表姨母雖然不是我們的近親，但好歹有個照應。我們已經在申請廉租屋的啦！待申請到了……」

表姨母不是近親，而且連同母親的喪禮，志玲只一共見過她三次。表姨母一家四口住三間房，因菲傭走了空出來的一間房間剛好給志玲住。表姨母收的租金算是合理的，志怡用母親留下來的保險金為志玲支付租金。

志玲一直感到表姨母只是一個房東，可是如果只是一個房客而不是親戚，她會為作為房客的自己爭取更合理的權益。

表姨母說志玲可以用廚房的，但有份用就要負擔一半的清潔廚房工作。表姨母每晚佔用廚房兩小時以上，如果志玲想用廚房，她只會炒點菜或煎點午餐肉，但只可以在表姨母佔用的五時半到八時之前之後用。志玲權衡利害，才不會為用廚房的十多分鐘而又每天得花同樣的時間去清理廚房。

表姨母從不會叫志玲出來一起吃飯，但住在廚房旁的房間的志玲得承受她煮飯時的油煙與嘈吵。志玲寧願躲在房間裏用電飯煲「焗菜」及煮飯時在飯面蒸罐頭午餐肉、回鍋肉等罐頭食品。當時還是中學生的她不愛逛街市，每個月都會到裕華國貨公司地庫的超級市場，買一大堆罐頭食品捧回去。

除了因為不想花時間清潔廚房以外，志玲不使用廚房的更大原因，是她不想看到表姨母烹調的美味佳餚，他們一家的賸菜殘羹也比志玲吃的豐盛，對比之下，志玲晚餐吃的午餐肉、回鍋肉實在顯得太寒傖了。尤其在過時過節的時間，志玲嗅到表姨母煮菜的香味總會鼻子一酸、心頭揪緊，昔日母親還在世的時候，不是常常會嗅到這種煮菜的香味嗎？

除了每年農曆新年和中秋節前一個星期和姐姐、姐夫吃的一頓飯，哪年哪天，可以在自己家中嗅到姐姐煮的菜香？志玲想，可以每天嗅到姐姐做飯的香味就好了。

從中二到中六，志玲都是和表姨母一家同住，這五年的歲月，只可以總括在一個詞語——「寄人籬下」之中吧！

讀中四那一年，志玲以為自己有機會告別寄人籬下的生活的。那一年，志怡如願申請到廉租屋，當她和振邦喜孜孜地帶志玲到那個有一房一廳的公屋單位時，志玲看着客廳中那張跑車型的小牀兩眼發光。她思忖姐姐該不知道自己已長高到有五呎四吋了，這張小牀會讓她躺上伸不直腳。

正在思忖的時候，她看到姐夫撫着姐姐微隆的肚子說：「這張牀將來我們的孩子用到升中學也該可以了。」

志玲這才知道姐姐、姐夫口中的「我們」從來不包括她，她更明白從前姐姐說的那句「我們已經在申請廉租屋的啦！待申請到了……」，根本是一個不會有下文的句子。

「遲些我們有錢買居屋的話，或許會買有兩房一廳的單位……」志玲神情落寞地離開那單位時，志怡這樣說。

4.

裕華國貨公司的六樓用作展覽廳之用，扶手電梯只到五樓，顧客到六樓的展覽廳要走一層樓梯。志玲不是時常去這一層，但每一次上去都會有驚喜。

展覽廳有時會展銷不同國家的食品，有時又會展銷一些中國工藝品，曾經有兩次，志玲看過這裏的酸枝傢俱展覽。那種四柱酸枝大牀，令志玲聯想到在電視劇中看到過，民國初年時代的閨秀房間裏，掛了蚊帳、上面放上繡花被的大牀，令人感到溫暖的「家」的感覺。

還有放在大廳的酸枝椅，兩張可以滿滿坐七、八人，那會是多麼熱鬧的傳統大家庭啊！古雅的酸枝書桌、書架，又讓人聯想到書香世代的家風，及父母培育子女幼承庭訓、望子成龍……

志玲看看傢俱上的價錢牌，每件傢俱的價錢都上萬元，她在不久的將來也不會有錢買，更不會有這麼大的住處可放，可是，看到這些傢俱，讓她感到一絲絲暖意、一絲絲家的感覺。

* * *

升讀大學那年，志玲終於可以結束「寄人籬下」的生活，搬進在屯門的大學宿舍。大學宿舍的生活固然是新鮮和熱鬧的，但那仍只是由一處「籬下」搬到另一處「籬下」吧！始終不是自己的家。

平時的宿舍是吵吵鬧鬧、熱熱鬧鬧的，可是一到中國的傳統節日，同學都回家過節去了，同房亦回家了，只有志玲一人留在宿舍房間內。

她最討厭中秋節、冬至、年卅晚，因為這些日子同學都回家做節，看見同學對於回家做節那種不情不願的神情，志玲有點嫉妒，更多是落寞。

志怡不是沒有叫志玲到她家去吃飯做節，但因為在「正日」她要回夫家做節，只會在「正日」前一兩天，甚至前一星期讓志玲去，所以，在節日那天，志玲還是寂寞、落寞的。在志怡家吃飯做節，志玲明白姐姐這一頓在家過節的飯是為她而設的，他們一家三口其實不必在家裏再做一次節。看到姐姐為晚飯忙於張羅，志玲有時感到自己是多餘出來的，對這一家三口而言是累贅。

志怡有時會說：「不如你和我們一起到姐夫家做節吧！反正你也認識他們。」是認識嗎？只在姐姐的婚禮上見過一次而已。

況且，在別人一家人的熱鬧之中，她只會更寂寞，更感到自己是外人、多餘累贅而已。

志怡有時又會說：「將來你自己結了婚，有了自己的家庭，就可以自己一家人做節了，到時你也會明白一定要在正日到丈夫家裏做節的啦！」

志怡說這話的時候，臉上有滿足、幸福的笑容，這卻讓志玲感到姐姐和自己的距離愈來愈遠……志怡的身分，已經由她的姐姐，變成別人的妻子、別人的媽媽、別人的媳婦、嫂嫂，而在這些身分之中，姐姐的身分已經變得最不重要，而且逐漸淡出了。

相比於平常的節日，漫長的農曆新年假期最讓志玲感到難熬，農曆年初一二三那幾天，她都是孤伶伶地一個人在宿舍用微波爐「叮」姐姐給她的蘿蔔糕來吃的。

更更難熬的是放暑假時，宿舍規定要同學清走所有物品回家，志玲不似其他同學，她的所有用品、家當，甚至母親給她的遺物……都是隨她放在宿舍裏的，暑假時，她就要將這些物品分成幾份，其中部分放到姐姐家中，其餘是央求同學讓她放一些到他們家裏。她也曾想過租一個迷你倉，但實在負擔不來。至於她自己，也是這裏住幾天、那裏住幾天的過的。

是逐水草而居的遊牧民族？是因氣候南遷的北雁？志玲感到自己更像被雁羣遺落了的小孤雁……

5.

許多年前，有一次，志玲在裕華國貨公司六樓的展覽廳找到了驚喜，那一趟，在那裏有一次中樂樂器展覽、展銷。

本來，在五樓賣文娛用品的部門也有售賣國樂樂器的，但這趟有來自國內不同產地的樂器，甚至連竽、笙這些較冷門的樂器也有，委實令志玲開了眼界。

更令她驚喜的，是展銷會中銷售的樂器比在五樓售賣的便宜，她沒想到自己可以負擔得起買一台古箏，這台古箏陪伴她度過不少寂寞的歲月，特別是那半年在五車書屋天台難熬的歲月。

五車書屋是志玲五個大學同學開的，畢業那年，同學們都忙於為就業奔波，其中五個感情要好的同學想開一家文史哲書店，決定讓其中一個——孫賓不出去找工作而成為書店店長，其他四人就用薪金支持書店的營運。他們也曾叫志玲入股，他們五個男生都是向家人借錢創業的，但志玲沒錢又不想向姐姐借，所以婉拒了。

志玲不是五車書屋的股東或店員，卻是五車書屋的住客。這怎麼說呢？大學畢業之後，她再不能住在學校宿舍，但又實在沒能力在外面租屋住，孫賓提議讓她住在書店天台的小屋中，不用她付租金，只要她在下班後和他放假時當臨時店員。

五車書屋位於旺角洗衣街一幢三層高唐樓的三樓，租用三樓那一層是連同天台一間數十呎的小磚房的，志玲就是住在這小磚房中。這幢唐樓大概因為大業主是等待把它整幢賣掉重建，所以讓它日久失修，以較便宜的租金租出。唐樓的一樓是一家小印刷廠，二樓從前是製衣廠，當時已荒廢了的。

在日間，來書店看書的人不算少，但在晚間，印刷廠下了班、書店關了門、孫賓也回了家之後，整幢唐樓中就只剩下志玲一個人。當時的志玲常這樣想：因為一直是自己照顧自己，她不是一個膽小的女孩，在一個獨立的單位中只有她一人的話，她不會害怕；在一層樓層中只有她一人的話，她也不至於太害怕；但整幢樓房中只有她一個人，卻是令人心寒的，一旦發生什麼事，真是叫天不應，叫地不聞啊！

為了驅除恐懼，志玲會把收音機的音量調較到最大，可是那聲響其實是空洞的；自從買了古箏，有了古箏陪伴之後，志玲會以彈奏古箏代替聽電台節目。古箏的琴音不比古琴的孤泣哽咽，卻像是向知音細訴——「偶遇知音一放聲」，於志玲而言，是頗能排解孤寂感覺的。

然而，在她逐漸習慣了住在只有她一人的整幢唐樓中之後，一次書店爆竊事件，卻令她再度流離失所。

「讓她住在天台，不用交租，不是為了不用請看更、在書店關店後也有人照看嗎？她卻其實發揮不到這作用啊！」「她一定是在天台睡得像豬聽不到撬門的聲音啦！但就算聽到又有什麼用？她手無縛雞之力的……」「既然住在這裏發揮不到作用又危險，她就不該再住在這裏了……」五車的幾個股東你一言我一語地，聽在志玲耳中，是冷言冷語。

只有孫賓力排眾議：「你叫她一個女孩子搬到哪裏去哩？她負擔不起外面的昂貴租

金啊！」

然後，繼續是冷言冷語——「她已經是成年人，又有工作，不該自作打算嗎？」「這也算是為她着想吧！她一個女孩子住在這裏也不安全，今次只是劫財，下次劫色怎麼辦？難道你負責嗎？」

志玲不想讓孫賓為難，只好搬出去。搬走那天，她一手拿着一大袋衣物，另一手挽着古箏篋，而孫賓就幫她拿着捲起了的牀墊，他們意外地在書店樓下附近遇上志怡。

志怡看看孫賓，又看看孫賓手上拿着的牀墊，臉上掛着曖昧的笑容對志玲說：「原來有人照顧你的，那麼你在外面住姐也不用擔心了。」

志玲聽到志怡的話，苦笑了一下，看在志怡眼中，卻是靦腆、代表默認的笑容。

志玲想：如果這樣會讓姐安心一些，就任由她誤會吧！

6.

志玲在裕華國貨公司六樓的展覽廳，除了看到過展銷中國工藝品、樂器之外，還常看到有不同地區的食品節，近年常有的是韓國、台灣食品節，從前常有國內各地的如貴州、福建、潮汕食品節等，給她印象深刻的，卻是東南亞食品節。

她記得那時的東南亞食品節，有一個角落是展銷印度咖喱、香料的，那些咖喱、香料的氣味令志玲至今難忘，因為曾經有一段時間，她住的地方裏也充斥着這種氣味。

志玲搬離五車書屋之後，幾經辛苦，才在紅磡的曲街找到了租金廉宜的住處。那是一個唐樓六樓的單位，一個小單位間成兩個更小的單位。那算是劏房吧！裏面有一個小灶頭和一間小衞生間，但兩個小單位之間只用木板而非磚牆來間隔，而且旁邊住的印度夫婦又常打開了木門，所以志玲常聽到印度語的談話聲、歌聲，嗅到煮咖喱和各式香料的氣味。

日間，因為旁邊住了印度夫婦和他們幾個愛吵愛鬧的年幼子女，這裏嘈吵不堪，可是，夜闌人靜時，這裏卻變得荒涼。

荒涼？此話怎說？話說這裏租金便宜，除了因為是木板間的劏房之外，還因為這裏正正對着幾間殯儀館，殯儀館外有幾個「化寶爐」，有時夜裏還會聽到「孝子賢孫」們在叫：「收嘢啦！快來收嘢啦！」令人毛骨悚然。

唐樓旁邊有不少骨灰龕，裏面常傳出打齋、唸經、敲木魚的聲音，夜裏從窗內透出陰森的紅光，令人遍體生寒。

唐樓樓下還有幾間花店，日間門外放滿花牌，夜間仍有幾個懸着布條的空花牌擺在那裏，志玲看在眼裏，心裏荒涼。

志玲搬到這裏不久，遭遇了人生的第一次失戀，在哭乾了淚水的夜晚、無數個無眠的夜晚、從噩夢中驚叫醒來之後，透過淚眼看出窗外，蒼蒼涼涼的，志玲發現，煎熬、折磨着她的，除了失戀的痛，還有那未曾治癒的喪母之痛。

多少個晚上，那拿起電話想撥打又顫抖着放下的手，被理智地打消了的，除了打給那人哀求復合的念頭，還有打給姐姐哭訴的念頭、打給撒瑪利亞會求助的念頭。

＊＊＊

後來，志怡一家人終於買了居屋，搬到了一個面積四百多呎的兩房單位。六歲的小姨甥亮峰帶志玲參觀自己的小房間時，對她說：「姨姨，其實我不喜歡有自己的房間，有時做噩夢很害怕都會跑到爸媽的房間去，和他們一起睡。我寧願和他們同住一個房間，但媽媽說我大個仔了，要勇敢些、獨立些。」

「姨姨也會做噩夢的。」志玲說。

「姨姨也會害怕嗎？」亮峰問。

「媽媽不是說要勇敢些、獨立些嗎？」志玲這樣回答亮峰，也這樣對自己說。

7.

志怡一家慶祝新屋入伙那天，看見姐姐忙着，志怡帶亮峰到屋苑的遊樂場玩。

亮峰喜歡盪鞦韆，志玲在後面推他。

「姨姨，大力點推！我要盪到好高好高！」亮峰這樣說了幾次。

「姨姨沒氣力啦！你自己用點力吧！亮峰大個了，得靠自己哩！」

亮峰聽了，也用兩隻小腳踏地用力一蹬，看着亮峰盪得愈來愈高的背影，志玲彷彿看到自己的身影，也盪得愈來愈高。

「大個了，得靠自己哩！」她對自己說。

＊　＊　＊

本來，六樓是志玲此次逛公司的尾站，她可以直接乘升降機到地面離開的，但她突然想買點東西，於是仍乘扶手電梯下去。

聽說現在國貨公司賣的服裝款式已經新穎許多，而且質量也不錯，聖誕節快到了，她逛了男裝部、女裝部、童裝部，共買了四件 Cashmere 毛衣做聖誕禮物。

「國海，下班了吧？佐敦地鐵站等，一會我們參加完活動後，一起到姐姐家吃晚飯。」

說完，志玲掛上電話，步出了裕華國貨公司，同時也步出了時光隧道。

裕華國貨是在香港成立的一家專營國貨的公司，1959年開業，歷史悠久。裕華國貨總店坐落港鐵佐敦站上面，商場共佔七層，經營商品以國貨為主，並匯聚世界各地名牌產品。裕華國貨經營的商品種類繁多，包括食品、藥材、成藥、男女服裝、華服、工藝品、首飾、牀被巾襪、絲綢、內衣、皮鞋、旅行用品、電器、醫療器材、傢俱、文具、體育用品及樂器等。裕華國貨售賣傳統的國貨品牌包括英雄牌墨水筆及墨水、中華牌鉛筆、大地牌汗衣及學生皮鞋、長白山人蔘、西藏冬蟲夏草、國酒茅台等。

另一方面，裕華國貨常舉辦各種商品文化展覽和推廣活動，不斷引入和推介中國各地及外國特色名牌產品，繼續延續「國貨公司」的獨特性。以往舉辦過的文化展覽和推廣活動如印尼節、台灣美食節、四川節、雲南節、東南亞食品節、江西有機、綠色食品展、石灣陶瓷古藏展、典雅傢俱展，還有中國名茶、西藏冬蟲夏草、貴州茅台酒、特色及季節性食品等等。

裕華
國貨
裕華國貨公司
YUE HWA CHINESE PRODUCTS

醫療及健康用品展
五樓展場
裕華
國貨